月を食べて恋をする

沙野風結子

Splush文庫

JN190483

contents

プロローグ

眼下に水面がある。

温かな湯がたっぷりと張られたバスタブ。そこに顎先《あごさき》まで身を沈めて、恵多《けいた》は心地よさに溜《た》め息をつく。すると、身体をやんわりと締めつけられた。

誰かが背後から腕を回して、抱いてくれているのだ。自分が背を凭《もた》せかけているのは、その人の身体だった。

腕の長さや、背に感じる硬い胸部や腹部からして、同性だろう。けれども違和感はなく、とても落ち着いて、それでいて身体が芯からドキドキする。

まるで夢のように心地よくて――これは夢なのだと、頭の端《はし》で知っている。

もう何度も何度も繰り返し見ている夢だ。目が覚めて、いつも落胆する。

現実の自分は、こんなふうに湯船に浸《つ》かることはできない。こんなふうに、誰かに身体を委ねることはできない。こんなふうに満たされた気持ちになることはない。

溜め息をつくと、湯に波紋《はもん》が拡《ひろ》がる。

その波紋に重ねるように、耳元で男がなにかを言った。

自分は頷《うなず》き、微笑《ほほえ》む。

「――うん。約束だよ」

いつものように、そこで目が覚めた。

自分の部屋の木貼りの天井を、オレンジ色がかった眸《ひとみ》で凝視して、恵多はついいましがた、夢のなかでした約束を思い出そうとする。

けれども、やはり思い出せなかった。

1

チューブの尻を人差し指と中指のあいだに挟む。そのまま首のほうまで、指に力を入れて扱《しご》く。小さな口からにょろりと出たペーストを歯ブラシでキャッチする。

恵多が緑色の柄の歯ブラシを咥《くわ》えたところで、鏡のなかにぬうっと大きな男の姿がはいってきた。ただでさえ圧迫感のある身体が右腕を天井へと思いっきり突き上げて伸びをする。

「もはよ」

泡まみれの口でもごもごと言うと、

「あー」

顎にぽつぽつと生えた一晩分の髭《ひげ》を親指でさすりながら、男——仲里章介《なかざとしょうすけ》は低い声で洗面所の空気を震わせた。極太フレームの眼鏡《めがね》に、縒《よ》れた鼠色《ねずみいろ》のスウェットの上下。ぼさぼさの黒髪が眼鏡をなかば隠している。我が叔父ながらあまりのむさくるしさに、恵多は起き抜けからげんなりさせられる。

章介が黄色い柄の歯ブラシとぺったんこになったチューブを手に取る。

「もう、なひ」

恵多は口からブラシをいったん抜いて続ける。

「洗剤とかトイレットペーパーとかさぁ、いろいろなくなってきてんだよね。車出してよ」

「んなもん、近くのスーパーで学校帰りにでも買ってくればいいだろが」

章介は歯ブラシをコップに投げ戻すと、口内洗浄液がはいったボトルを摑《つか》んだ。

「やぁだ。トイレットペーパーのロールなんて、持って歩きたくねーもん」

「なにいっちょまえにカッコ気にしてんだ」

「なら、カッコ気にしないショースケが買ってくればいいじゃん」

「俺は社長さんなの。忙しいの」

きついミントの刺激にしっかりしたラインの眉が軽く歪む。章介は最後に豪快な嗽《うがい》をすると、青みのある液体を白いボウルにぶち撒《ま》けた……ボウルへと顔を伏せたまま、奥二重の目が上目遣いで、鏡越しにちらと視線を投げてくる。

目が合ったと思った瞬間、視線を外された。章介がぼそりと言う。

「土曜の午後、ホームセンターでいいな」

「ん」とそっけなく頷きながら、鏡のなかの自分の左頰に片えくぼが深く浮かぶのを恵多は見る。それを隠したくて、章介と入れ違いにボウルへと顔を伏せた。開いた口からとろつく白い液を垂らしていく。

水で口をすすいで身体を起こしたとたん、ロングスリーブTシャツの襟《えり》ぐりに男のしっかりした人差し指がかかった。

指先が素肌をカリッと掻《か》く。

「首んとこ伸ばして脱ぐ癖やめろって何度言えば……幼稚園児のお着替えか」

伸びて緩んだ襟から薄い肩がなかば露《あら》わになっていた。

「それと、そのショースケっていうベターッとした頭悪そうなアクセントやめろ。ショウ・スケ」

「……」

章介の手を弾く。

「そのむさい髭、とっとと剃《そ》れば？」

言い残して洗面所を出ると、反撃が声だけで追ってくる。

「二十一にもなって髭をめったに剃らなくていいガキは、楽でいいなぁ」

ひと回りと一歳も年下の甥《おい》を相手に、まったく大人げない。

とはいえ、いくぶんコンプレックスになっているところを突かれて、恵多は素直にムッとする。

天然木をふんだんに使ったリビングルームを横切って遮光《しゃこう》カーテンを乱暴に開ける。

眩《まぶ》しい光。長いこと手を入れていない庭は枯れた雑草だらけだ。朝の冬空は青色セロファンみたいに、ぺらりとした質感だった。

左肩に手をやる。

そこにまだ留まっている、章介の指先の皮膚《ひふ》の温かさ、爪の硬さ。

小さなざわめきを掌《てのひら》でゴシゴシと擦《こす》り消し、大袈裟な瞬《まばた》きで気持ちを切り換えた。

今日の講義は二限目からだから余裕がある。シンクに溜まっていた洗い物をすませてミルクと砂糖をたっぷり入れたインスタントコーヒーをカウンターテーブルで飲んでいると、身支度を終えた章介がリビングに姿を現した。

ゼリー状の栄養補助食品の容器を冷蔵庫から取り出す彼は、さっき洗面所にいた態もどきとはまったくの別人になっていた。

ベージュのジャケットにブラウンのスラックス、スタンドカラーのシャツは首元を開けている。額を出すかたちで自然に整えられた髪。男らしいくっきりした輪郭《りんかく》の顔には、髭の剃り残しひとつない。コンタクトレンズを入れたらしく、いくぶんきつい印象の目が露わになっている。

「今夜は遅くなる」と言い置いて、章介はデザイン事務所へと出勤していった。章介の運転する車の音が遠ざかっていくのを、耳で見送る。

……遅くなる理由は、仕事かもしれないし、女かもしれない。

ついこのあいだも、ジャケットのポケットから華奢《きゃしゃ》な真珠のピアスが出てきた。

ぷんぷんと甘い香水の匂いを移して帰ってくるのはいつものことで、しかもその香りはひとつではない。石鹸《せっけん》みたいにやわらかなもの、フルーティで大人っぽいもの、鼻が詰まりそうなほど濃厚なもの……章介にはいつも複数の女性がいる。

複数同時進行で食い散らかしているわりにトラブルになっている様子がないのは、要するにそれだけ女のあしらいがうまい証拠なのだろう。

——寝起きの髭熊ヤバ眼鏡なとこ見せたら、みんな逃げてくだろーけど。

どんなに遅くなっても、章介は絶対に帰宅する。高校卒業間際から一緒に暮らしはじめて三年近くになるが、それはいまだ破られたことがなかった。朝の四時になっても五時になってもかならずこの家に帰ってくる。だから彼女たちが朝のむさくるしい仲里章介を見ることはないのだ。

そうやってわざわざ帰宅する理由のひとつは、恵多が外泊禁止令を守ってちゃんと家にいるかをチェックするために違いない。

亡き兄に代わって——それと十年前に男と失踪《しっそう》した義姉《あね》のぶんまで——、甥を間違いがないように育て上げなければならない、という使命感があるらしい。

とはいえ、女の子ではないのだから外泊禁止は厳しすぎる。

そう抗議したものの、

『お前みたいにぼわぼわーっとしてて迂闊《うかつ》で半端なのは、頭が軽くて根性サイアクな見た目だけの女に捕まるんだ。孕《はら》まさせられて責任取らされるのがオチだ』

という、頭ごなしの答えが返ってきた。

別に泊まりじゃなくてもセックスはできる、という主張は、言うとよけいに厄介な決まりごとが増えそうだから、口にするのをやめておいた。

——そもそも、相手が女の子でいいのかも、よくわかんないしな……。

初恋は確かに女の子だったけれども、夢のなかで自分を満たしてくれているのは間違いなく男だ。かといって、男と恋愛した記憶はない。少なくとも、覚えている範囲では。

恵多はカウンターテーブルへと溜め息をつく。

それが夢のなかの、溜め息が水面に作った波紋を思い起こさせた。

「あー、ダメだ。もやもやするっ」

天板を拳で叩いて、恵多はスツールから腰を上げた。そして洗面所に行き、その横のバスルームへとはいった。

バスタブの二枚の蓋《ふた》は重ねられて、壁に立てかけてある。空っぽのバスタブを覗《のぞ》きこんで恵多は深呼吸をする。意を決して、底に栓《せん》を嵌《は》め、蛇口をひねる。勢いよく飛び出してきた水が乳白色のバスタブを打つ。

水が厚みをもって溜まりだす。

「――――」

心臓がバクバクする。手足の先端が冷えて痺《しび》れだす。視界が揺れはじめたところでもう耐えられなくなって、鎖を引っ張って栓を抜き、震える手で蛇口を閉めた。そのままタイル床に座りこむ。

三年前のある時を境に、湯船でもプールでも、溜まっている水を見ると、身体に異常が起こるようになってしまったのだ。

画像や映像ならなんとか耐えられるが、水の匂いに巻かれながらじかに目にすると、得体の知れない苦しさが心臓を突き破って身体中に溢《あふ》れ出る。

まるで頭から水を被ったみたいに冷や汗で肌を濡《ぬ》らして、恵多はバスルームから這《は》うように逃げ出した。

「あー、いたいた、ケータ」

本日最後の講義が終わった階段教室。ひとり端の席でぼうっと空を見上げていると、大学一年からのツレの声が背後から響いた。

ひとつ前の列の席に腰を下ろした渡辺《わたなべ》が、顔を恵多と同じ方向に上げる。

「月見てんの？」

「……月？」

言われて初めて、青い色紙みたいな昼の空に、白くて丸いものがほのかに浮かんでいるのに気がつく。雲ひとつない空の、唯一のアクセントだ。講義の最中も含めてかなり長いこと空を眺めていたはずなのに、どうして気がつかなかったのか……。

恵多は渡辺へと視線を切り替えた。

「ケータじゃなくて、ケイタ」

「は？」

渡辺が目をしばたたく。

「ケータって言い方、ベターッとしてて頭悪そうだろ？」

今朝、章介から言われたことを真似してみると、「訳わかんね」のひと言で流された。まったくそのとおり。どうでもいいことだ。どうでもいいことに拘《こだわ》る章介は、本当にうざったい。

「それよりさ、サトケンとマキムラ、内々定出たってよ。デザイナー枠で」

「えっ、マジで？　インターンシップではいってた代理店？」

「そうそう」

美大を出ても、実際に美術絡みの、しかもクリエイティブな仕事に就ける者はそう多くない。

恵多は羨望の溜め息をつく。

「俺こないだ広告代理店とデザイン会社にOB訪問してきたけど、かなり厳しいっぽい」

「ケータは別にいーじゃんか。いざとなりゃ、叔父さんの会社にはいれんだし」

渡辺が唇を尖らせる。

「もともとはケータの親父さんの会社なんだろ？　なら確実じゃん」

ナカザトデザイン事務所は、従業員六十名ほどの会社だ。商社のやり手営業マンから転身した父が起ち上げたこともあり、営業が強いお陰で順調に成長してきた。

三年前に父が自動車事故で亡くなったとき、ずっとマンハッタンで暮らしていた叔父の章介が駆けつけてくれて、葬式を仕切り、会社を継いだのだった。

章介自身、向こうでデザイン関係の仕事をしていたから、社長業をしながら社員に第一線の指導やアドバイスをし、必要とあらば即戦力としても動く。現場サイドをわかっていることもあり、従業員にとってはそこそこいい社長のようだ。業績は右肩上がりで、就職活動の情報収集のなか、優良企業として社名を見聞きしたりする。

……実は恵多には、三年前の、父を亡くしたあたりの記憶が飛び飛びにしかない。

母が家を出て行ってから七年間、父ひとり子ひとりでやってきただけに、父の死のショックは大きかったのだろう。事故死の報《しら》せがあったときに昏倒《こんとう》して、頭を強打したらしい。それで安静にしていなければならず、葬儀にも出られなかった。

精密検査をした大学病院の医師によれば、心因性の記憶欠落は珍しくなく、脳自体に損傷は見当たらないから、日常生活に支障をきたさないようならこのまま経過観察をする、とのことだった。

その時の後遺症なのか、中学高校のころの記憶も虫食い状態になっているようだった。しかし忘れているだけに、どこがどのぐらい欠けているのか、恵多自身も把握できていない。

生活面でも学習面でも特に困らないから問題がないとも言えるが、自分の人生に自分の知らない時間があるというのは、けっこう気持ち悪いものだ。その気持ち悪さも次第に日常に馴染《なじ》んで、あるのにないような存在になっているけれども。

恵多はオレンジ色がかった目を、空へと流した。

そう、さっきまでの、あの月のようなものだ。

確かにそこにあるのに、見えていないもの。

いやそれとも、意識しないままに月を見ていたのだろうか。

「――確実でも、ショースケの会社にだけは、はいらない」

以前から、そう決めていた。

「え、なんでだよ？　もったいねー」

「ショースケに頭下げんの、ヤだ」

「なに、その無駄なプライド。じゃあ、枠を俺にくれよーっ」

すっきり塩顔の友人が、ニッと笑う。

「俺、お前の叔父さん、けっこう好きだし」

「は？」

「こないだの合コンに叔父さん、乱入してきたじゃん？」

半月ほど前のことだ。合コン場所をうっかり章介に漏らしてしまったのがいけなかった。

当たり合コンですっかり楽しくなっていたところに、章介が乗りこんできたのだ。

保護者として恵多を迎えにきた、などと言ったのも最悪だったが、さらには自分も場に混ざり、女の子たちの関心を完全にさらってしまったのだった。

「話面白いし、男前だし、お持ち帰りされてもいいかなーとか」

「……ナベって、そっちもアリだったのか」

「いや、普通に女子が好きだけどなっ。あ、女子といえば、あの時の合コンにいた、音大のアミちゃん、覚えてるか？」

「ショートカットの子？」

「それ。そのアミちゃんが、ケータのこと可愛《かわい》いって気に入ってるんだってさ」

恵多は思わず眉間に皺《しわ》を寄せる。

「可愛いは、嬉しくねぇ」

するとその皺のところを、渡辺に指で弾かれた。

「ぜーたくもんがっ」

眦《まなじり》が気持ち吊った猫っぽい目に、いまいちシャープさに欠けるラインの鼻と輪郭、膨《ふく》らみが強すぎる唇。でも、まったくの女顔でもない。

第一印象はかなりいいらしく、合コンで女の子からの構われ率は確かに高い。けれども簡単に連絡先をゲットしてふたりきりで会っても、もう一歩の線を越えられない。女の子以上に終電を気にするのも一因だが、それ以上に大問題なのは――。

「そうゆうことで、またアミちゃん混ぜての合コン、セッティングしとくな」

恵多は軽く頷きながら、「今夜は遅くなる」という章介の言葉を思い出していた。ちょっとした対抗心が湧いていた。

――俺だって、その気になれば、そこそこなんだからな。

それに正直なところ、早く出会いたいのだ。

あのよく見る夢を打ち消してくれる、女の子に。

二階の小リビングといった広さの廊下の、突き当たりにあるガラス戸を横に滑らせる。夜のベランダから見る月は、冷え冷えとした大気に輪郭をくっきりとさせて、そして少しだけいびつだった。

咥えた煙草《たばこ》に不慣れな手つきで火を入れる。章介のデスクのうえに置きっぱなしになっていた箱から一本抜いたのだ。

——やっぱ、ニガ…。

普段はまったく吸わないから免疫がないし、ちっとも美味《おい》しいと感じない。それでも無性にこれを吸いたくなるのは、ちょっとした自分苛《いじ》めと、気持ちがちょっと落ち着くような気がするのと、ちょっとした章介との同一化をいっぺんに果たせるからだ……章介が咥え煙草でなにかをしている姿はちょっとばかり格好いい。

要するに、この煙草にはいろんな「ちょっと」が詰まっている。

眉根を寄せて、苦い煙を肺から忙《せわ》しなく出す。

——ショースケ、ほんとに遅いのかな…。

勘だけれども、仕事ではない気がする。だとしたら今晩は、どんな香水をつけた女と一緒にいるのだろう。考えると、糸がこんがらがるような気持ち悪さが胸に押し寄せてきた。

月を見上げながら、肺が痛くなるぐらい深く深く煙を吸いこむ。煙で目がじゅくじゅくする。

身体の不快な感覚を追っていけば、心の不快の比重は軽くなる。

こんなふうに、章介に関して起こる訳のわからない心の動きを、逃がして逃がして、三年を過ごしてきたのだ。

母が去り、父を喪《うしな》い、いまはもう頼れる身内は章介しかいない。だから、過敏に反応してしまうのだろうか。あるいは、父とは外見にほとんど似たところのない叔父だけれども、父と重ねてしまっているのだろうか。

なににしろ確かなのは、章介を誰かに奪われるのが、それが一夜限りのことでも嫌でたまらない、ということだ。落ち着かなくて、苦しくなる。いまみたいに。

あまりにも深く吸いこみすぎたらしい。煙で膨らんだ肺が波打ち、思いっきり噎《む》せた。

ベランダのフェンスに額を押しつけて、咳が治まるのを待つ。

みっともなく喘《あえ》いだ最後に、ふーっと息をつく。

上体を起こして懲《こ》りずに煙草を口許に運ぶ……と、ふいに背後からにゅっと手が伸びてきた。びっくりして動けずにいると、煙草を不器用に摘《つ》まんでいる指に、見慣れた指が触《ふ》れてきた。

手を包みこむ動きで、煙草を奪われる。

「噎せるなら吸うな。もったいない」

すぐ横で、章介がフェンスに両肘をつく。

――なんで。

まだ八時半ぐらいだ。遅くなるどころか、いつもより全然早い帰宅だった。女物の香水の匂いもしない。肩から一気に力が抜けた。

章介の手の感触が留まっている右手をギュッと拳にして、恵多はそっけない表情を作る。

「噎せるよ。仕方ないだろ。それ苦いんだから」

「苦いか？　けっこう優しい味だけどな」

恵多の唇を知っているフィルターが、章介の唇に咥えられる。奥二重の目が本当に旨《うま》そうに細められる。細めたまま、恵多を見る。

「ガキにはわかりにくい優しさか」

ムッとした右横顔を章介に晒《さら》しながら、恵多は左頬に指先を滑らせた。そこにえくぼのへこみを見つけて、章介が女と過ごさなかったことを自分がすごく嬉しがっているのを確認する。

普段、笑ってもこのえくぼは滅多に出ない。

ただ章介に関することでは、くっきりと現れるのだ。

章介が恵多から視線を逸らして、顔を仰向けた。すると咥えられている煙草の先がふいに大きく震えて、灰が崩れ落ちた。

恵多は章介の視線の先を目で辿《たど》り、月に行き着く。

並んでひとつの月を見上げて――――、なにか身体が浮き上がるような奇妙な体感が湧

き起こってきた。

恵多は浮力を抑えこむようにフェンスをギュッと摑みながら、ぼそぼそと報告する。

「こないだのショースケが邪魔した合コンで、なんか俺のこと気に入ってくれた子がいてさ。また会うんだ」

章介がしばし沈黙してから、驚くことを言い当ててきた。

「ショートカットの子だろ」

「……なんで、その子だって思うんだよ」

「恵多のことばっかり見てて怪しかったからな。あのタイプは清楚《せいそ》に見せかけて性悪だから、やめておけ」

「なんだよ、それ」

一拍置いてから付け足す。

「ショウスケだって女喰《く》いまくってんだから、いいだろ」

「俺はいいの。お前はダメ」

腹が奥底から煮えた。

――こっちが、どんな気持ちになるかも知らないで……。

そう思ってから、しかし自分が「どんな気持ち」でいるのかもよくわからなくて、さらに苛立つ。保護者を横取りされるのが嫌だといっても、二十一歳にもなってそんな子供っぽい理由でここまで気持ちを揺さぶられるものなのだろうか。

少なくとも、こんなふうに涙腺《るいせん》が痛んで、目の周りがピクピク震えるのは、おかしい。

「もういい。レポートあるから部屋戻る」

ぶっきら棒にそう言ってベランダから室内に戻ろうとすると、章介がフェンスのいただきで火を揉み消した煙草を差し出してきた。

「これ捨てといてくれ」

「そんなの自分で捨てろよ」

と言いながらも、恵多は短くなった煙草を指先で摘まんで受け取った。

「捨てとく代わりに、風呂掃除よろしく」

「えっ、おい。せっかく早く帰ってきてやったのに、それか」

「別に頼んでないし」

早く帰ってこられて予定が崩れた、とまで口は勝手に動いた。

自分の部屋にはいって、ゴミ箱に投げこもうとした吸殻《すいがら》に目をやる。それには、くっきりと歯型がついていた。章介の歯の跡だ。よほどきつく前歯で噛《か》んだのだろう。

もしかすると、少しは動揺させることができたのだろうか。

そう思ったら急に嬉しさが込み上げてきた。

椅子《いす》に座って勉強机に向かい、吸殻を飽きずに眺める。

「……」

短くなったそれを口に寄せる。

咥えようとしたところで、ドアがノックされた。驚いて、吸殻を拳で握りつぶしながら、「なに?」と返す。

ドアを開けずに、章介が訊《き》いてくる。

「恵多、晩飯は？　これからピザ取るけど」

「俺もレポート終わったら食うから、適当に頼んどいて」

「わかった」

階段を下りていく足音がするのを確かめてから、手を開いてみると、掌には茶色い枯れ葉みたいな煙草の中身がこぼれていた。

「……俺、なにしてんだよ」

掌のものを乱暴にゴミ箱に捨てて、ベッドにうつ伏せに倒れこむ。胸の強い鼓動が、マットレスに反射して全身に伝わってきた。

結局、レポートに手をつける気分にもなれないまま、章介が向かいの自室にはいったのを見計らって、ダイニングに下りてピザを食べた。章介はお子様っぽくて口に合わないといつも文句を言うわりに、毎度ちゃんと恵多の好きなマヨネーズがたっぷりかかったポテトのピザを注文してくれる。

好物で腹を膨らませてから、バスルームに向かった。すっきりして、それから今度こそレポートに取りかかろう。そう思って、全裸になってシャワーを浴びていると、突然、背後で磨《す》りガラスの折戸が開けられる音がした。

「な──」

動転して固まっていると、章介が文句を言ってきた。

「だから、風呂使うときは俺にちゃんと言え。また発作でも起こしたら──っ、うわ」

恵多はシャワーヘッドを摑み、章介の顔面へと飛沫《しぶき》をかける。

「大丈夫だからっ！　出てけよっ」

慌てて戸を閉めた章介が、輪郭を磨りガラスに映しながら言う。

「お前の裸なんて別に隠すようなもんじゃないだろ」

「──」

「廊下にいるから、具合悪くなったら呼べ」

章介は本当にただ心配してくれているだけだ。甥の裸など見ても、なにも思わないというのも事実に違いない。

「…っ」

せっかく落ち着きかけていた気持ちが、またぐちゃぐちゃに掻き乱されていた。身体についている泡だけ流してシャワーを止めて、乱暴に身体を拭いてシャツとジャージパンツを着て廊下に出る。

章介がほっとした顔でこちらを見る。その髪もスウェットも眼鏡も、びしょ濡れだ。

その横を恵多は無言で通り過ぎて、二階への階段を駆け上った。

2

Aランチセットの載ったトレイをテーブルに置く。月曜の学食には、いつもの顔ぶれが集まっていた。一年の終わりにできた、男女半々の六人組だ。特に共通の趣味があるわけでもないが、まったりしていて居心地がいい。

恵多と渡辺はデザイン科で、ほかは絵画科と建築科がふたりずつだ。

三年の冬ということで、当然のように話題は就職活動のことになった。

建築科組は就活には困らないらしく余裕な様子だが、絵画科のふたりは悩ましい顔をしている。

「OBの話とか聞いたけど、油絵はまじで潰し利かなすぎ。普通にリーマンになるしかないよなぁ」

同じく絵画科の女子が頷く。

「あたしもそっちだなぁ。でも資格とか全然、取ってないんだよねぇ」

「俺も俺も。英検は半端だし、運転免許ぐらいのもん」

すると、建築科女子がくすくすと笑いだした。みんなの「なに？」という視線を受けて、彼女はリスみたいな目を恵多に向けた。

「運転免許で……思い出しちゃって」

そのまま吹き出す。笑いで自滅した彼女の話題を、渡辺が笑いを堪《こら》える顔で繋《つな》げる。

「合宿のあれは、もう一生忘れられないよな」

絵画科のふたりが口惜《くや》しがる顔をする。

「二年のときの合宿免許の話かよ。俺もその場にいたかったたーっ」

「あたしもいたかった！」

……二年生の夏休み。まだ運転免許を取っていなかった四人で、合宿スタイルの免許取得講習会に参加したのだ。リゾート気分半分、離島での三週間。

恵多は章介に、離島でのアルバイトだと嘘《うそ》をついて参加していた。車の運転については『どうせセンスないんだから、ハンドルなんて握らなくていい』とさんざん言われてきたのだ。反対されるのは目に見えていた。しかも外泊すら禁止なだけに、嘘のバイトで章介を説得するのに、ずいぶん苦労した。

合宿代はアルバイトで貯めた金で払った。父の遺産はほとんどを章介が管理しているし、自力で、というところに意味があった。そうして免許を取って、章介の鼻を明かしてやるつもりでいた。

その計画は結局、合宿三日目にして頓挫《とんざ》したのだが。

『親友のナベと住みこみバイトをする』という嘘をついたら、なんと章介が渡辺の家に電話をかけてしまったのだ。渡辺の母親から運転免許を取るための合宿だと訊き出した章介は、わざわざ離島まで恵多を連れ戻しにやってきた。

章介の過保護っぷりは仲間内で笑い話になったものの、恵多のなかでは笑い話にはなっていない。

あの時、力ずくで連れ戻された恵多はひどく臍《へそ》を曲げていた。だが、そんな恵多のほうが折れざるを得ないほど、章介は怒っていた。怒鳴られたり悪《あ》しざまに言われるなら、まだいい。

でも険しい顔で黙りこまれたら、どうしていいのかわからない。

『……ごめん』

納得していなかったけれども、自宅の玄関ドアの鍵を閉めながら、恵多はぼそりと謝った。すると上がり框《かまち》に立って背を向けたまま、章介がすごく苦しそうに声を押し出した。

『俺は、ケータを喪いたくない』

恵多の父――章介の兄は、車の事故で命を落とした。飲酒運転をして海に落ちたのだ。

普段その話を持ち出すことはないけれども、章介のなかでは深い傷になっていたのだろう。遺体の確認をしてくれたのも彼だったし、父の死の前後の記憶が曖昧《あいまい》な恵多よりも、現実的な痛みを自動車事故というものに対していだいたに違いなかった。だから章介は、恵多が車を運転することに反対していたのだ。

兄のような目に甥を遭《あ》わせたくない。危険の芽はなんとしてでも、自分が摘む。

その強い想いが、章介の身体全体から伝わってきた。

誰に笑い話にされてもかまわない。

でも、章介は笑わない。

恵多も笑えない。

――……ケータって、呼んだんだよな。いつものケイタじゃなくて。ベターッとした頭の悪そうなアクセントが、とても優しいものに聞こえたのを覚えている。

いまでも思い出すだけで、胸の奥が痛くて温かくなる。

だらだらと続いていく友人たちの喋《しゃべ》りに適当に相槌《あいづち》を打ちながら、恵多は少し反省する。ここのところ章介に対して、我がままな感情を向けすぎている。

章介に何人つき合っている女がいようが、章介は独身なのだから自由だ。血縁者の下半身がだらしないのは嘆《なげ》かわしいことだけれども、甥である恵多が不安定になるほど気持ちを尖《とが》らせるのはおかしい。

――むしろ、本命一本じゃないだけマシ？

誰のものでもないから、一緒に暮らしていられる。もし……もしも章介が結婚したら、さすがにもう一緒にはいられない。それは絶対だ。想像することすら頭が拒絶する。

しかしそれもやはり、極端すぎる感情のような気がする。昨夜の吸殻事件もバスルームの戸を開けられたときの反応も、冷静になって考えると我ながら奇妙だった。

やはり自分は章介にしがみつきすぎているのだろう。

――いまのうちに、ちょっとずつ叔父離れしといたほうがいい。

大学からの帰り道、恵多はスーパーに寄って食材を買いこんだ。そして久しぶりにしっかりと料理をした。

そして、できあがった料理を見てわからなくなった。

これではまるで、叔父離れではなく、手料理で叔父を繋ぎ留めたいみたいだ。


「カレー作るときは、いつも肉じゃががついてるな。八割がた材料一緒だから」

午後十時半、帰宅した章介はダイニングテーブルに並べられた料理を見て、そうからかってきた。

「じゃー、今度からカレーとクリームシチューにする」

「それは勘弁してくれ」

大概、夕食を一緒に食べるとき、章介はダサ眼鏡スウェット男に変身しているのだが、今日はジャケットを脱いだだけで、ノータイの水色のワイシャツにダークグレーのスラックスという姿でテーブルについた。着替える時間も惜しい様子なのは、よっぽど空腹だからか、久しぶりの手料理だからか。

頬のラインが上がっているから、喜んでくれているのは確かだ。

サラダにカレーに肉じゃがに鶏《とり》の唐揚げ。別にどこにも特別な工夫などないスタンダードな味つけだ。母は恵多が十一歳のときに家を出て行ったが、その前から食卓に並ぶのは惣菜《そうざい》屋の出来合いのものや、レトルト食品がメインだった。だから、母からもらった思い出の味というものがない。

そんなふうに育った恵多の口には、複雑な香辛料など使わない素朴《そぼく》な味わいが、一番美味しくて温かく感じられる。

でも、あまりに芸がないから、章介に初めて手料理を出したときは緊張した。父親以外に食べさせたことがなかったのだ。

ひと口食べた章介は、いまみたいに頬のラインを上げた。そうして、『なごむ味だな』と言ってくれて――美味しいという言葉よりも本物っぽくて嬉しかった。

そんなことを思い出していたら、章介がしみじみと言った。

「これがもうすっかり、うちの家庭の味だな」

その言葉に、自分でも驚くほど心臓が跳《は》ねた。なにか言わなければと焦る。けれども素直に嬉しいとは言えなかった。

「……誰でも作れる味だし」

ぼそりと呟くと、なぜか章介がムキになる。

「同じようにほかの誰かが作っても、俺は恵多が作ったほうを当てられるぞ」

そんな言葉を、眼鏡というクッション抜きで、正面からまともに見詰められながら言われて、恵多は困り果てる。

ひと呼吸ごとに胸に苦しさが溜まっていく。

苦しいのに、すごく嬉しい。

ふいに章介が目を伏せた。カレー皿を凝視して、黙々とスプーンを口に運ぶ。

恵多は自分の左頬に触れてみた。えくぼが刻まれていた。

——まだ…。

章介はこのえくぼを見ると、かならずこんな反応をするのだ。よそよそしいような、なにも見ていないとアピールするような、不自然な反応だ。

それで恵多のほうも、自然と「嬉しい」という気持ちを抑えこんで、章介にはえくぼを見せまいとするようになった。

章介との関係はいたってざっくばらんなはずなのに、ときおり不可思議な力が場を支配する。まるで自分だけがゲームのルールをわかっていなくて、重大なミスを繰り返しているみたいだ。

とても不安になる。

「あの、さ」

沈黙がいたたまれなくて声をかけると、ようやっと章介が目を上げた。

「……カレー、まだあるけど？」

「ああ」

いつもの砕けた表情で章介がライスだけになった皿を差し出してくるのに、恵多はホッとする。

「山盛りな」

カウンターで仕切られたキッチンスペースにはいり、皿にライスを足してから、鍋のカレーにおたまをくぐらせる。ニンジンは少なめ、肉は多めに、掬《すく》い上げる。それをもう片方の手に持った皿に盛っていると、待ちきれなかったのか章介が寄ってきた。

またミスをしないように、恵多は愛想のない横顔を晒す。

ふわりと。カレーの湯気に、すぐ傍《そば》に立った章介から漂う香りが混ざった。

「――――」

大きく瞬きをする。

それと同時に、おたまも皿も、恵多の手から滑り落ちていく。ステンレスの皿はシンクにぶつかって派手な音をたて、宙で一回転して中味をぶち撒けた。おたまが、ジーンズの脚にぶつかる。

「なにしてるんだ…っ」

慌てた大声が、耳の奥へとズンとはいりこんでくる。

「ヤケドしなかったか？」

二の腕を摑んできた手をとっさに撥《は》ね退けた。

「恵多？」

章介を見上げる。

自分がいまどんな顔をしているか、わからない。表情を作れない。

甘くて優しい香水の匂いを退けたくて、鼻に手の甲を押しつける。

――女といたんだ。

仕事が終わってから女と過ごして、そして帰ってきて、自分の作った料理を食べたのだ。

――違う。

衝《つ》き上げてくる感情は、間違っている。

間違っているのが、章介にも伝わったのかもしれない。章介が微妙に視線を逸らした。

「ここは俺が片しとくから、風呂はいってこい」

カレーまみれの身体をぎこちなく動かして、恵多はキッチンをあとにした。

バスルーム横の洗面所で、シャツの襟ぐりを両手で引き伸ばして頭を抜きかけ、そのまま動けなくなった。目に当たっている部分の生地がじわじわと濡れていく。

どうしてこんなことで泣かなければいけないのか。

混乱したままシャツをランドリーボックスに突っこむ。バスルームにはいると、壁に嵌めこまれた鏡に自分の姿が映る。

感情の昂《たか》ぶりに、顔も身体もまだらに赤くなっている。

「いい加減にしろよ」

か細い叱責《しっせき》は、下手な芝居じみて聞こえた。

逃げこむように、シャワーから鋭く噴き出される飛沫を頭から浴びる。水が熱を帯びて、湯気が鏡を煙《けぶ》らせていく。

急に、水の匂いが強く知覚されて、恵多は全身を強張《こわば》らせた。

「うそ……」

まずい。

バスルームから出なくては、と思ったときには、もう遅かった。心臓から苦しさが溢れ出し、頭蓋骨《ずがいこつ》のなかで脳が膨張していくような違和感が起こる。すぐに、すさまじい頭痛が襲ってきた。

どこかに摑まろうとして、宙を掻く。シャワーのホースが指先に触れた。それを握る。重力が何倍にもなったような体感に身体がひしゃげ、タイルへと転倒した。フックから外れたシャワーがのたうって、湯を撒き散らしていく。

両手で頭をかかえて、横倒しになった身体を丸める。

――なんでっ…。

二ヶ月ぶりの発作だった。

初めてこの発作が起こったのは章介と暮らしはじめたばかりのころで、バスタブの湯に身体を沈めたとたんに見舞われた。動けなくなっているところを章介が助け出してくれて、救急車で病院に搬送《はんそう》された。

父の死の報告を受けて昏倒した際の後遺症かもしれないと病院で精密検査を受けたものの、やはり頭部に器質的な損傷は見受けられず、心因性の可能性が高いと診断された。

記憶の部分的欠落の件もあり、心療内科でカウンセリングを受けることになったが、他人に心を探られるのがどうしても嫌で、すぐに行かなくなった。

それからもときおり発作は起こった。気持ちが不安定なときに湯船やプールなど溜められた水を前にすると起こるという法則に気づいてからは、危ない状況は避けるように心がけた。そうして少しずつ発作の頻度《ひんど》を減らしてきたのだが。

——でも、シャワーでなるの……初めてだ……。

どういうことだろう？　悪化しているのだろうか？　それとも今日の自分が不安定すぎるせいなのか？

シャワーの湯が顔に当たって苦しいのに、指の一本もまともに動かせない。

……ここまで激しい症状にはいたらないけれども、水以外にももうひとつ地雷《じらい》がある。

セックスだ。

恵多はこの三年間、何人かの異性とつき合った。キスはいい。抱き締めるのも大丈夫だ。けれども、いざなまめかしい行為に踏《ふ》みこもうとすると、発作の予期不安が押し寄せてくる。五感が曖昧になって身体が竦《すく》み、行為を進められなくなってしまうのだ。

水に対する反応はおそらく、父が自動車の水没によって死亡したせいだろう。

でもセックスのほうは、まったく心当たりがない。三年前よりさらに以前は、セックスの機会がなかったから、どこに切っかけがあるのかも不明だ。女の子は好きだし、欲求はある。妄想しながら自分で性器をいじればちゃんと射精もする。ただ、セックスをするという特有の雰囲気になると、とたんにおかしくなってしまう。

「う…」

鼻にも口にも湯が流れこんできて、とても苦しい。

耳も遠くなりかけている。その耳に、隣接する洗面所のドアが開かれる音が、かすかに聞こえた。重い瞼《まぶた》をなんとか上げる。

「恵多、なにか音がしたけど平気か？」

湯に霞《かす》む視界、磨りガラスにはぼやけた色に分解された人の姿があった。

章介が助けにきてくれたのだ。

——俺……、ほんとに、迷惑ばっかりかけてる。

どんなに忙しくても章介が毎晩帰ってくるのは、恵多が無断外泊禁止を守っているかをチェックする以上に、こんなふうに動けなくなっていないか心配だからなのだ。

「恵多、はいるぞ」

折戸が開かれたかと思うと、章介が息を呑んで駆け寄ってきた。強い腕に肩を包まれて抱き起こされる。びしょ濡れの顔を覗きこんでくる章介の目は泣きそうに赤い。丸まっていた身体が力なくほどけ、みっともなく全裸を晒していた。

恵多はかろうじて動かせる瞼を閉ざして、溢れそうになる涙を堰《せ》き止める。

バスタオルで身体をくるまれて、章介に抱き上げられる。二階の自室へと運ばれて、ベッドに横たわらされた。

頭痛はだいぶ治まってきているが、身体はまだ麻痺《まひ》したままだ。

「大丈夫か？」

訊かれて、瞼の上下で大丈夫だと答える。いつものように二時間もすれば麻痺も取れ、ひと晩寝れば回復するだろう。

安堵《あんど》しきれない眼差《まなざ》しを章介が向けてくる。

「ちょっと待ってろ」

いったん部屋を出た彼は、何枚かのタオルと恵多が用意しておいた着替えとをかかえて戻ってきた。

「いま、身体を拭いてやるからな」

「……」

しなくていい、という言葉はしかし、口内のかすかな舌の動きにしかならない。

バスルームで動けなくなるとき、恵多はたいていびしょ濡れの状態で発見される。だからこれまでの場合も、章介に身体を拭かれて服を着せられた。

毎回、ひと眠りして回復してから、『だから、身体とか拭かなくていいって言ってるだろ！』と抗議するのだが、『風邪《かぜ》をひかれるほうが厄介だ』とまったく取り合ってもらえない。

だからこそ、発作を起こすまいと気をつけてきた。

――二ヶ月も大丈夫だったのに…っ。

口惜しさと動揺に、胸の芯が張り詰める。

章介がタオルを手にして覆《おお》い被さってきた。女物の香水の匂いが、ほのかに漂う。

――そんな匂いさせて……俺に触んなよ！

怒鳴り声はかたちにならない。

ワイシャツにスラックスという姿、眼鏡をかけていない章介の俯いた顔に前髪が幾筋か流れかかる。

その様子を見ているだけで胸のあたりがざわめいて、恵多は目を閉じた。

決まった手順で、頭皮をさするようにタオルで髪を拭かれる。力が加減してあるせいで、くすぐったい。額の生え際のラインを押さえられ、後頭部から首筋へと、髪を掻き混ぜられる。

項《うなじ》から耳の裏へとタオルが滑り、耳をふんわりと包まれる。耳朶《じだ》のかたちを小刻みに指で辿られたのち、小指の先が耳腔《じこう》にもぐりこんでくる。孔をゆるやかに抉《えぐ》られて鳥肌が立った。もし動けたら、首を思いっきり捻《ね》じって逃げていただろう。逃げられない代わりに、ゆるく開いたままの唇が、ふ…と弱い吐息で感覚を逃がす。

いつもより過敏になっているのが自分でわかった。

だから章介の手が身体を包んでいるバスタオルを摑んだとき恵多は目を開き、やめてほしいと眸で懸命に訴えた。

目の縁を赤くした黒い眸が見返してくる。

視線を重ねたまま、章介がゆっくりと瞬きをした。

拒絶の意思は伝わったように感じた。それなのに、やめてもらえなかった。

……バスタオルが開かれて、厚みの足りない肉体が露わになっていく。下腹も隠しようがない。やわらかく垂れた茎も、髪より一段濃い色合いの陰毛も剝き出しになる。脚はゆるく開くかたちで投げ出されていた。

動けない状態で裸を見られるのには、何十回たってても慣れられない。慣れるどころか、逆にどんどん困惑が膨らんでいた。

左腕を摑まれて、宙に上げさせられる。肩から肘、手首へと新たな乾いたタオルが進む。手の甲と掌をやわらかい纖維《せんい》で押さえられ、指を一本一本握られていく。指の股を揉《も》まれる。

「……ぅ」

肌の奥底をピンと弾かれる感覚が起こって、恵多はふたたびきつく目を閉じた。

なんでもない摩擦《まさつ》の重なりに、神経が毛羽立《けばだ》っていく。

右腕も同じようにされてから、鎖骨をなぞられた。鎖骨から下へとタオルがゆっくりと向かいだす。平らな胸に感じる、布越しの指。そのうちの一本が、右胸の尖りに引っかかった。

ひと呼吸の間があってから、小さな粒を優しく乗り越えて、通り過ぎていく。いまのは人差し指だったのだろう。それから三本の指が波打つように粒を越えた。

胸から下腹へと、熱い痺れが切れ切れに流れる。

続けて左胸をタオルで覆われた。揉む仕種《しぐさ》で拭かれて、乳首を掌で捏《こ》ね潰された。今度は明確に、胸の刺激が下腹で甘く弾けた。

――ヤバ……い……。やだ……。

起こるべきでない感覚が、抑えこもうとすればするほど湧き上がってきて、鳩尾《みぞおち》を震わせる。自分の意思では指一本まともに動かせなくて、だからこそ、誤魔化《ごまか》しようのない反応が身体中に響いていく。

腰から脇の下まで、身体のラインを確かめるように撫で上げられる。

「ふ…は」

変に甘い吐息が、自然に漏れてしまう。

二ヶ月前に身体を拭かれたときとされていることは同じはずなのに、身体の芯が熱っぽくわななくのを止められない。

――違う。ショースケは、そんなつもりで、やってない。

ただ、叔父として甥の面倒を見てくれているだけなのだ。

それがわかっているからこそ、よけいに追い詰められる。

「恵多、ごめん」

呟きめいた小声が落ちてきた。

いつもそこを拭くとき、章介は謝る。無言で急に触れるべき場所ではないという気遣いからだろう。

下腹にタオルがかけられる。タオルのうえに、大きな掌が載せられる。まさぐる手の動き、茎の根元をやんわりと握られる。少しずつ先端へと手の筒がずらされていく。

——あ……あ……あ。

いつもより、先端まで辿り着くのに時間がかかる。

泣きたくなった。

章介に身体を拭かれてそこが腫《は》れてしまうことは、これまでもあった。でも、ここまで明確に勃起《ぼっき》してしまったのは初めてだった。

その反応したものを、章介に触《さわ》られている。閉じた瞼のなかで激しい眩暈《めまい》が起こる。

先端にキュッと圧力がかけられてから、タオルが除けられて下腹部が空気に触れた。茎は臍のほうに上向きに傾《かし》いだ。章介はどんな気持ちでそれを見ているのか。

恥ずかしさに意識が朦朧《もうろう》となるなか、タオルで足の裏や指を丁寧に擦られる。浮き上がるようなくすぐったさまで、下腹の茎にジンジンと響く。両脚から水滴を除いてから、タオルが内腿《もも》を這い上がってくる。

——そこ……そんなとこ。

脚のあいだに手を差しこまれた。ねっとりとした重さで脚の狭間《はざま》を圧《お》されると、身体の芯がピクピクする。

——や……。

肉の薄い臀部《でんぶ》の底を指で割り拡げられた。排泄のための窄《すぼ》まりに、布一枚を挟んで指が載る。ヒクンとそこが震えたのが自分でもわかった。湿気を取るために軽く叩かれれば、

さらに不安定なヒクつきを誘発される。

恵多の唇は、ふ…ふ…と短い呼吸を繰り返す。

ようやく、脚のあいだからタオルが抜かれる。終わったのだ。あとは服を着せられるだけだ——と思ったのに。

「ちょっとだけ、ごめんな」

その呟きのあとに、性器の先端をくるりと拭われた。反射的に腰がビクンと跳ねる。また先端を撫でられる。布がぬるりと滑る。

恵多は薄目を開いて、おそるおそる自分の下肢を見た。

真っ赤に腫れた先端の目からとろとろと溢れていく透明な蜜を、章介が丁寧に拭い取る。それなのに、またすぐに先端の孔から垂れたものが茎を伝い落ちていく。

章介がタオルを手に被せなおして、もう一度、呟いた。

「ごめんな」

タオル越しに根元を摑まれた瞬間、性器を叩かれたような激しい痺れが拡がった。息ができなくて、でもそこから視線を外せない。

恵多が見ているなか、腫れた茎の根元から先端までを手指の筒にねっとりと扱き上げられていく。チューブの中身を搾《しぼ》り出すみたいにされて、先端の窪《くぼ》みから新たな蜜が大量に溢れた。

「……、ふ…ぁ」

粘膜じみた敏感な先端を細やかな繊維でくるまれる。いただきを握った手が微細な蠢《うごめ》きで、かたちを辿る。括《くび》れの返しを丹念に指先で押さえられる。先走りを綺麗に拭うのが目的だとわかっている。わかっているからこそ、感じているのがつらくてたまらない。繊維が先端の割れ目に押しこまれ、小さな孔を圧した。

激しい尿意を我慢する要領で懸命に細い道を閉じようとするのに、閉じられない。性器がヒクヒクヒクヒクとわななきだす。

我慢した。本当にものすごく我慢して――。

タオルが先端から退いた一拍ののち、熱が茎の底から激しく突き上げてきた。ヒクつく小さな孔を、粘度の高い白濁が抉《こ》じ開けていく。

「あ…あー」

苦しく漏らすように果てていくところを、章介に瞬きのない目で凝視される。最後の一滴が茎をねっとりと伝い落ちて、赤みがかった陰毛に絡んだ。

「真っ白だな」

いやらしい濃さを遠まわしに指摘されて、嗚咽《おえつ》に喉が震える。

その濃度が、章介に対する自分の気持ちを恵多自身に教えていた。

もうどうやっても誤魔化しようがない。

自分は叔父に、間違った欲望をいだいてしまっていたのだ。叔父の異性関係に過剰反応したのも、そのせいだったに違いない。

腹部や下腹部を汚した精液を、ティッシュで綺麗に拭われてから下着を穿《は》かされる。それからシャツとジャージパンツも着せられた。布団《ふとん》を肩までかけられる。

「普通のことだからなにも気にするな。ゆっくり休め」

そう言って、章介は部屋を出て行った。

顔も首筋も――身体全体が、心臓になったみたいに脈打っている。混乱しきったまま、朦朧と考える。

――ショースケは、ダメだ。

異性にいだくような思いを叔父に持つなど、あり得ない。

なにより絶対に、章介がこの気持ちを受け入れてくれるわけがない。いまのことも、単純な生理的反応ぐらいにしか捉《とら》えていないようだった。

――バレないうちに、この気持ちを消さないと……。

そうでないと、自分は章介まで失ってしまう。


パチパチとリズミカルにキーボードを叩く音がしている。

恵多は重い瞼を上げた。

天井の絞られた明かり。その薄い光のなか、見慣れた自分の部屋の窓辺に置かれた勉強机に向かう、章介のスウェットの後ろ姿がある。

ノートパソコンを持ちこんで仕事をしているのだろう。

恵多が発作を起こしたあと、章介はいつもこんなふうに傍にいてくれる。

昨夜の失態が思い出されて顔が熱くなり、背中すら正視できずに目を伏せる。キーボードの音の連なりが、ふたたび眠気の層を積み上げていく。

その層のなかに埋もれかけたころ、ふいに部屋に静けさが落ちた。

恵多は閉じかけの瞼の下から、章介へと視線を彷徨《さまよ》わせる。

仕事が一段落したらしい。広い背中越しに見えるノートパソコンのディスプレイのなかで、使われていたソフトがタクスバーへと次々と吸いこまれていく。

それから新たにファイルフォルダーが開かれた。クリック音とともに、画像ソフトが展開する。

暗いオレンジ色がかった円が、画面いっぱいに拡がった。

——……俺の、目？

虹彩のようなまだら模様があるそれは、鏡のなかに見る自分の目と酷似していた。

ただ、その「目」には瞳孔がなかった。それに、白目があるはずの部分は闇《やみ》で塗り潰されている。

——星の写真？

章介が星に特別な興味があるとは知らなかった。熱心に見入っているのが、後ろ姿だけでもわかる。

自分の眸に似ていると思ってしまっただけに、なんだか目を覗きこまれているかのような錯覚が起こって、心臓が動きを速くする。

章介が右手をそっと上げた。

煌々《こうこう》としたディスプレイが逆光となって、手指のかたちが黒く浮かび上がる。

その指先が、暗いオレンジ色の星に吸い寄せられていく。途中、引力に逆らうかのようにいったん止まり……でも、堕《お》ちていく。

そうして画面に触れたとたん、章介が泣くときのように肩を震わせて呟いた。

「ケータ…」

いつもとは違う、抑揚の甘い呼び方で。

急に、息もできなくなるほどの胸の痛みが押し寄せてきて、恵多は固く目を瞑《つむ》った。

どうして章介はあんなふうに自分の名前を呼ぶのか。

どうして自分は名前を呼ばれただけで、こんなにも泣きたくなってしまうのか……。

3

講義までの空き時間を友人たちと学食で潰しながら、恵多はずっと、どうすれば章介への間違った気持ちを消せるかを考えつづけていた。この一週間、章介の顔をまともに見られずに避けまくっているのだが、そろそろ限界だ。

次の講義まで残り十五分になったところで、女子ふたりが喫煙のために席を立ち、並んで座った恵多と渡辺だけが残された。

学食を出て行くふたりの後ろ姿を半眼で見送りながら、渡辺が口を尖らせる。

「煙草吸う子はパスだなー」

ごく自然に、章介のことを思い出す。

「なんで?」

「なんでって、キスがまずくなるの、ヤじゃねぇの?」

「……俺はそんなに気になんないかな」

どちらかといえば、酒臭いほうが苦手だ。亡くなった父は妻が家を出たのを境に深酒をすることが増えて、ついにはそのせいで事故死した。だから、酒の匂いを嗅《か》ぐと気持ちが沈む。

けれどもこのままでは、煙草の匂いでも気持ちが沈むことになりそうだ。

溜め息をつくと、渡辺がテーブルに肘をついて顔を寄せてきた。

「なんかあっただろ、ケータ」

「なんかって、なんだよ」

「わかんないから訊いてんだろ。ここんとこ毎日、昼飯ラーメンで、残しまくってるし」

渡辺はよくも悪くも、細かいところに気がつく。ラーメンなら残してもあまり目立たないだろうと思ったのに、甘かった。

しかし、さすがに章介のことを話すわけにはいかないから、もうひとつのダメージのほうを口にした。

「本命デザイン会社のOBにまた話聞きに行ってきたんだけど」

「ああ、昨日、これから行くって言ってたよな。で？」

初めに訪問したOBが面倒見のいい人で、複数の人間から話を聞くといいと同僚を紹介してくれた。小規模なデザイン会社ではあるものの、話を聞くほど恵多にとっては理想的な職場で、志望意欲は増していったのだが。

「新卒採用は縁故枠だけになるだろうってオフレコぶっちゃけトークされた」

「あー…。まあ、言ってくれるだけ親切ではあるけどなぁ」

「第一志望になる前に言ってほしかったし」

どうしてこう、あれもこれもうまくいかない方向にばかり進むのか。心底から溜め息をつくと、渡辺が背中を叩いてきた。

「とりあえず、明日の合コンでぱぁぁぁぁっと発散しよう、なっ」

「あ、あれって明日だっけ？　音大のアミちゃん」

正直、上の空で聞き流していたから明日が合コンだということすら忘れていたのだけれども。

誰でもいい。女の子を好きになれれば、章介への気持ちは消えるだろう。

そうしたら、ただの叔父と甥に戻れる。

……章介が結婚するまでは、これまでどおり一緒に暮らせる。

「じゃあ明日は、援護射撃よろしくぅ」

言いながら恵多がニッと笑うと、渡辺がホッとした顔で笑い返してきた。

「俺への全力援護射撃も忘れんなよ」


合コンの待ち合わせ場所に、五分遅れで女の子たちが到着する。その顔合わせで、恵多は思わず「あ？」と、間抜けな声を出した。

すると、目が合った相手も「あーっ」と声を出して、つやつやした唇に指を載せた。

渡辺が、恵多と彼女の顔を交互に見る。

「なに、もしかして知り合い？」

「あー、うん。高校のころの。内田《うちだ》っち、久しぶり」

手をひらひらさせると、内田久美《くみ》もちょっと困ったような笑い顔で小さく手を振り返してきた。

彼女は高校のときのクラスメートだった。しかも、けっこうグループでカラオケに行ったりもしていた身内系だ。

――まいったなぁ。

合コンで顔見知りと一緒になるのは、気まずい。いっそ音大のアミちゃんとつき合ってしまおうかと思って来たのだが、口説《くど》きにくいうえに、今後の展開もすべて内田久美に筒抜けになる可能性があるわけだ。

渡辺がリザーブした居酒屋はなかなか小洒落《こじゃれ》ていた。ブースに分かれていて個室感があるから合コンにはもってこいだ。

しかも音大のアミちゃんが揃《そろ》えた女の子たちはレベルが高かった。

久美も高校時代から可愛かったが、すっかり綺麗なお姉さん風になっていた。

恵多は注文係に徹《てっ》して、渡辺の援護射撃をちょいちょいしてやった。

久美のほうも恵多の前で女子力を発揮するのは憚《はばか》られるらしい。男連中に話しかけられても、反応は薄かった。

ときどき目が合っては、互いに半端な笑みを浮かべる。

カラオケに行く気分にはなれなくて、恵多は居酒屋を出たところで帰ることにした。すると、久美も帰ると言いだして――結果的になんだかふたりで抜けたみたいになった。

久美はけっこう酒を飲まされたらしく、歩き方がふわふわしている。

「ケーくん、ちょっとだけコーヒー飲まない？」

駅に向かう途中、久美が懐かしい呼び方をしてきた。彼女が指差すほうを見れば、シャッターを下ろした店の横で自販機が光っている。

久美のぶんのコーヒーも買って、ふたりで並んでシャッターに背を凭せかけた。なんとなく格好をつけて買ったブラックコーヒーをひと口飲む。苦さに舌が萎縮する。

「残念だったな、今日。内田っち、けっこう気合い入れてたんじゃん？」

「ん…あたしは」

デコレーションされた爪ではプルトップを開けにくいらしい。女子は大変だなと思いながら、手を差し出す。

「貸して」

久美は缶を渡したその手で、恵多の右手に握られていた缶を取った。持っていてくれるらしい。カフェオレのプルトップを開ける。

「あたしは、残念じゃなかったよ」

カフェオレを返そうとすると、久美は受け取らなかった。そして横目で見上げてくる。

「いいよ。それあげる。ケーくん、コーヒーは砂糖とミルクたっぷりだったよね」

「俺だって、いまは」

「嘘だね。さっきおでこにニガイって書いてあったもん」

思わず自分の額に触る。シャッターに背中をくっつけてカフェオレを飲むと、やわらかい味に舌がほぐれた。

久美は手のなかの缶を見詰めている。

「……ケーくんもさ、別に残念じゃなかったんじゃない？」

「え？」

「だって」

言うか言うまいか迷うような間があってから、久美は声を小さくして続けた。

「だって、女の子に興味ないんでしょ？」

心臓がドクンとする。

「なんだよ、それ。意味わかんねぇ」

久美が章介への自分の気持ちを知るわけがない。それなのに、どうしてそんなことを言ってきたのか。まさか、自分でも知らないうちに、そういう雰囲気でも醸《かも》し出していたのだろうか。

「いいよ。言い訳しなくて。あたし見たんだもん」

「見た？」

久美がブラックの缶コーヒーに唇をつけた。でも飲み口に口をつけただけで、動きを止める。そっと缶から唇を離す。

「あたしね、ケーくんのこと、好きだったんだ」

話の流れが見えない。

当時を思い出してみるが、久美がそれらしいアクションを起こしてきた記憶はなかった。でも団体行動のとき横にいることは多かったかもしれない。

「そう、だったんだ？」

「うん……でね、高一のバレンタインにね。もう思いきって告白しちゃおうって思って、チョコ持ってケーくん家《ち》まで行ったの。そしたら、ケーくんガレージのとこにいて」

久美はもう一度缶に唇をつけた。今度は大きくごくんと中身を飲む。そして早口に。

「男の人とキスしてた」

「………」

なんの話を久美はしているのだろう？

「ケーくんは男の人が好きなんだってわかって、諦《あきら》めたんだ」

——俺が、男と、キス？

そんな記憶は本当にどこにもない。

久美がデタラメを言ってからかっているのかと疑う。けれども、見上げてくる顔は緊張と寂しさを浮かべていた。

彼女の言っていることが事実なら、三年前に頭を強打したとき欠けてしまった記憶のうちのひとつなのだろうか。その可能性しか考えられない。しかし、覚えていないではすませられない衝撃的な内容だった。

恵多は思わず加減を忘れた力で久美の腕を摑んだ。

「それって、どんな人だった？　身長は？　服装は？　顔は……」

「ケ、ケーくん、痛いっ」

「あっ、ごめん…」

慌てて腕を放す。久美は訝《いぶか》しむ表情をしながらも教えてくれた。

「かなり背の高い社会人っぽい人で、黒いコート着てたかな。顔は見えなかったけど——そう、髪。髪は栗色だったよ。なんか外国人っぽい色」

懸命に記憶を漁《あさ》る。

高校一年のころに身近にいた大人の男。栗色の髪をして長身で、ガレージにいたということは、家に出入りしていた人間だろう。

——……もしかして、須藤《すどう》さん？

父が懇意《こんい》にしていた、会社の顧問弁護士だった男だ。母親がドイツ人で、全体的に色素が薄いのだ。

章介が社長業を引き継いだ際に、任を辞したのだが……。

仮に須藤だったとして、どうして自分が須藤とキスをしていたのだろう？

須藤と特別親密だった覚えはない。だが、覚えていないことは、なかったことの証明にはならない。

記憶に欠落があることの怖《こわ》さを、いまさらながらにリアルに感じていた。

久美と駅で別れて電車に乗ってからも、恵多は思い出せない記憶を懸命に探りつづけた。絶対に部屋のなかにあるはずなのにどうしても見つからない探し物みたいだ。

困って、焦れて、イライラして、感情が跳ね上がる。

記憶を掘っくり返しているうちに、眼底が押し上げられるような頭痛が始まった。身体が芯からビリビリと痺れだす。バスルームで起こる――あるいはセックスをしようとすると起こる症状に似ていた。

座れていたからよかったものの、もし立っていたら倒れてしまっていたに違いない。

途中で自宅の最寄り駅がアナウンスされたような気がしたけれども、動くことができなかった。こめかみにギリギリと爪を立てて、頭痛に耐える。我慢できる臨界点を過ぎた瞬間、意識がすとんと深いところへ落ちた。

「君、終点だよ」

制服姿の駅員に肩を揺さぶられて、恵多は重い瞼を上げる。

「この電車は車庫にはいるから降りなさい」

頭痛は治まっていて、身体の麻痺もいくらかマシになっていた。

よたつく足で電車を降り、プラットホームのベンチに尻を落とす。駅の時計を見て、びっくりする。電車に乗ってから三時間ほどが経過していた。すでに日付が変わっている。

終点駅は何回、始発駅になったのだろう？

電車は恵多をひとところに乗せたまま、同じルートを行っては戻り、動きつづけていたのだ。しかもどうやら、いま乗っていた電車は昨日に属する最後の電車だったようだ。

上りの電車もすでに終わってしまっていた。

「…………えーっと」

ここからどうやって家まで帰ればいいのか。

困り果てながらも、駅員にプラットホームから追い立てられる。鄙《ひな》びた夜の駅の改札口を抜けると、目の前に手狭なロータリーが開けた。待機しているタクシーは一台もなく、乗り場には客がずらりと列を作っている。

タクシーで帰る手もあるが、かなり待たなければならないうえに、痛い金額になるに違いない。かといって始発まで時間を潰そうにも、見渡す限り店は閉まっていた。

唸《うな》りながら、券売機手前にある駅舎の柱に背中をくっつけてしゃがみこむ。

――なんか……なんなんだろ。

無意識のうちに、自分の唇に触っていた。

――男とキスしてた俺って、なに？

自分でないもうひとりの自分が存在するみたいで、ものすごく気持ち悪い。

考えてしまう。もしかすると、記憶が消える症状は現在進行形で起こっているのではないか？　恵多が自覚できないのをいいことに、もうひとりの自分はいまもときおり身体を奪っているのではないか？

　そんなことはないと、昨日の出来事を朝から順に追ってみる。ほぼ辿ることができた。次に一昨日に遡《さかのぼ》ってみる。するともう、絶対に空白の時間がなかったとは言いきれなくなる。一週間前ともなれば、細かいところなどとても思い出せない。一ヶ月前なら、一日ぐらい丸ごと消えてなくなっていても気づけないレベルの記憶しかない。

　茫洋《ぼうよう》とした過去の重なりの天辺に、いまの自分は立っている。脆《もろ》い足場は、ちょっとでも強く踏み締めたら、崩れ落ちていきそうだ。

　しゃがみこんだ恵多の鳩尾は強張り、どんどん重くなる。

　その重みで、これまでの世界が——自分が自分だと思っていた存在がひしゃげてしまいそうで。恐怖に思わず目を閉じると、男とキスしている高校生の自分の姿が浮かんでくる。須藤の、甘みのある二重の目がキスの距離にある。

　これは仮説の幻なのか。それとも忘れていた記憶のなかから滲《にじ》み出てきた現実なのか。判別のしようがない。

　困惑しているうちに、仮説の幻が固体化して、定かな記憶になろうとする。

　——俺は……須藤さんと……。

　だがその定着しかけたものは、ふいに鳴りだした音に打ち砕かれた。

　聞き慣れた携帯電話の着信音だ。

「あ…」

目を開け、思い出したように息を吸う。

携帯のディスプレイに章介という文字を見たとたん、幻が霧散して、現実がくっきりとした輪郭を持った。足の下にあるのは、駅舎のエントランスに敷きつめられた硬いタイルだ。

通話キーを押す。章介のいる空間と繋がったという事実だけで、涙が目の際に溜まった。

『おい、恵多』

章介の声は怒っている。

『なんでまだ家に帰ってない？　もう終電終わってんだろうが。どこでなにしてるんだっ』

怒っている声に、涙の嵩《かさ》が増していく。

「ショースケ」

鼻声になってしまう。

章介のことを避ける余裕など、失っていた。

「迎えにきてよ」

『迎えにって——どこにいるんだ？』

恵多の様子がおかしいことに電話越しにも気づいたらしい。章介は腹立ちと心配が入り混じった声を出した。その声が甘い安堵を恵多のなかに拡げる。

「終点の駅」

『なんだ、まさか乗り過ごしたのか？』

どんだけマヌケなんだ。と文句を言う声の後ろで、慌ただしい足音がする。玄関のドアを開閉する強い音。

ガレージに走って車に乗りこむ章介の姿が、目に見えるようだった。

──嬉しい。

嬉しくてずっとこうしていたかったけれども、車のエンジンがかけられる音がしても章介が電話を切ろうとしないから、自分から言う。

「電話しながらの運転、ダメだって」

『あ？　ああ、そうだな…』

それでも戸惑うみたいに、章介は電話を切らない。

「切るよ」

『…ああ』

胸の奥が甘苦しい。ひとつ呼吸をしてから、お願いをする。

「ちゃんとここで待ってるから……気をつけてよな、運転」

一方的に言葉を置いて、自分から通話を切った。

握り締めた硬い小さな機械を、熱くなっている鳩尾に押しつける。

吐く息は真っ白だ。地を這うように流れてくる風は冷たくて、スニーカーのなかの足が凍りつきそうだった。

「…………」

夜の地面にこんなふうにしゃがみこんで、誰かを待っていたことが、かつてあったような気がした。

ただの既視感《きしかん》なのか、忘れてしまった記憶のひとつなのか、わからないけれども。

「大丈夫だ——だいじょうぶ」

章介がここに来てくれる。

来てくれると確信しているのに、三十分がたつころには、不安が胸を締めつけだしていた。章介はかなり慌てている様子だった。もし車を飛ばしすぎて、事故でも起こしていたら、どうしようか。父のように事故を起こして、いなくなってしまったら……。

怖くてたまらなくなって、外部からロータリーに通じる道へと目を凝《こ》らす。ときおりタクシーがはいってきて、客を乗せては出て行く。

心臓がドクドクする。風が目に沁《し》みる。

「ショースケ…」

呟く。

「ショースケ、俺」

勝手に動きかけた唇が、ロータリーに流れこんできた新たなヘッドライトの光に半開きのまま止まる。熱くなっている目の縁に力を籠《こ》めて、車体を見極めようとする。ルーフにタクシーの標《しる》しはついていない。セダン車だ。紺色の国産セダン車。

ロータリーで弧《こ》を描いてから車が停まる。

運転席のドアが勢いよく開けられて、薄黄色のワイシャツに灰色のスラックス姿の長身の男が飛び出してくる。

章介は慌ただしい目の動きで恵多を見つけると、自身の前髪をぐしゃっと握った。何度も掻きまわしたみたいに、その髪は乱れきっている。

大きな足取りで近づいてきた章介は、駅舎の入り口に設けられた三段の段差を一歩で踏み越えた。あっという間に、恵多のすぐ前に辿り着く。

呆れと安堵の混ざった黒い目が見下ろしてくる。

大きく顎を上げて章介を見上げたとき、恵多は初めて月が照っていたことに気づいた。章介の頭の右上に、半分に割れたかたちのそれが輪郭を白く際立たせて浮かんでいる。

「なーに、鼻真っ赤にして口ぽかんと開けてんだ。ほら、帰るぞ」

大きな掌を見せて、手が差し伸ばされる。

章介とじかに触れるのは、バスルームで倒れて介抱されたとき以来だ。

恵多はぎこちなく右手を出した。章介の手のうえに手を載せる。携帯電話を握ったままだったから、犬のお手みたいなかたちになった。章介がゆるく笑う。笑って、携帯ごと手をぎゅっと握り締めてきた。すごく温かい手だ。

「……」

握られた場所から、怖いぐらい強い痺れが体内に拡がっていく。

ぽつりと、胸に言葉が落ちた。

——好き。

頭のなかが白くなる。

——……こんなに、好きなんだ。

「恵多？」

腰が抜けたみたいになってしまって、手を引っ張られても立ち上がれない。

そんな恵多へと、溜め息をつきながら章介が身体を伏せてくる。

「仕方ないな」

低い声が耳元で呟く。脇の下に腕がはいってくる。身体が深く密着すると、よけいに力が抜けてしまう。ほとんど持ち上げるような力で引っ張り上げられた。

「足腰が立たなくなるほど飲むな」

何時間も前にビールを一杯飲んだだけだから、アルコールの匂いはしないはずだ。でも、そう思ってもらったほうが都合がいい。本当に酔っ払っているみたいに、頭のなかがぐるぐるしている。

章介への恋愛感情を正面から認められたのは、男とキスしていた過去を教えられたせいもあるのだろう。自分がもともと同性に恋愛感情をいだく人間だったのかもしれないと考えたら、章介に対する感情の動きもすんなりと納得できた。

助手席に乗せられる。すぐ横に章介が座る。

——でも……この人は、父さんの弟だ。

三年前に初めて会ったうえに、父と似た容姿もしていないから、章介と血が近いという意識は薄い。

それでも、章介にとって自分は、兄の子供なのだ。だから一緒に住んでくれている。だからこうして迎えにきてくれる。だから傍にいてくれる。

甥から恋愛感情など向けられても、困惑以外の感情は生まれないだろう。

——それ以前に、筋金入りの女好きだし。

そういえば、今日は女物の香水の匂いがしない。そんなことだけで無性《むしょう》に嬉しくなってしまう。

途中、赤信号で車を停めた章介が、ふと顔を恵多に向けた。目が合って、ずっと章介の横顔を見詰めていたことに気づく。慌てて視線を逸らすと、額を指先で軽く叩かれた。

「な…なんだよ」

「眠っとけ」

そっけなく言われて、恵多は運転席になかば背を向けるような姿勢になる。

ウィンドウには、章介の横顔が映りこんでいる。

「ショースケは寝るなよ」

「寝るか」

そう言ったものの不安になったのか、章介は眠気覚ましのガムを口に放りこんだ。強く張った顎が蠢く。前髪を乱暴に掻き上げてから、目頭を指でぐっと押さえる。飛んできてくれたけれども、本当はかなり疲れているのだろう。

ウィンドウに映る章介から目を離せない。

「好き」という感情に、もうすっかり雁字搦《がんじがら》めになっていた。

こんなに鮮明な気持ちを、誰かにいだいたことはない。少なくとも記憶にある範囲で、女の子たち相手には。

『だって、女の子に興味ないんでしょ？』

問いかけというより確認に近かった、久美の言葉。

男とキスをしていたからといって、異性に興味がないとは限らないし、少なくとも初恋は女の子だった。

しかし夢のなかで満たされた感覚を与えてくれるのは同性で……。

自分は本当は異性より同性のほうがよくて、だから身近にいる章介を安易に好きになったのではないのか？

——だとしたら、この気持ちって、どこまで本物なんだろう……。

もしかすると栗色の髪の男にも、こんなふうに鮮明な気持ちをいだいていたのかもしれない。それどころか無意識のうちに、章介をその男の身代わりにしている可能性もある。

自分の「好き」という感情ひとつ信じきれないことに、恵多は居ても立ってもいられないもどかしさを覚えた。

4

父の遺品が集められた二階の一室にはいる。

棚に置かれていた写真のアルバムを取り出して、床に座る。厚手の表紙をめくると、両親が恋人時代に撮ったらしいツーショット写真が現れた。父は写真を撮るのも撮られるのもあまり好きではなかったから枚数こそ少ないものの、それでも家族の歴史を辿ることはできた。

恵多が生まれて、幼稚園にはいり小学校にはいり……小学校の途中から、母の写真がなくなる。

中学の入学式。この頃はときどき女の子に間違われることがあった。

高校の入学式。まだかなり華奢で、制服のブレザーが全体的に余っている。

ずっと開いていなかったアルバムを検《あらた》めたくなったのは、写真に刺激されて当時の欠けている記憶が甦《よみがえ》るかもしれないと考えたからだった。

そうして自分の過去や性向を少しでも把握すれば、章介への想いもおのずと落ち着くのではないか。

いまはなにもかもうやむやなままで、章介と視線が合ったり、ちょっと手が触れたりするだけで、動転して挙動不審になってしまう。同じ部屋にいると嬉しいのに苦しくて、つい避けるような言動をしてしまう。

それに、記憶の部分欠落を改めて実感したショックは、かなり大きかった。同性とキスしたことまで忘れているぐらいだから、重大なことをどれだけ忘れているのか知れたものではない。

自分が自分でないみたいに気持ち悪くて、ぼんやりしてしまうことが多かった。このままでは日常生活にも就職活動にも支障をきたす。

こんな不安定な状況を一刻も早く脱したくて焦っていた。

アルバムには中学の途中から、写真を抜いたらしい妙な空白がぽつぽつとあった。あまり気に留めずにめくりつづけていくと、今度は丸々一ページぶんの空白に行き当たった。

——なんだろ…。

父が亡くなった三年前で、写真は途切れる。

虫食いのように欠けた写真は、二十枚ほどだろうか。

すべて恵多が中学にはいったあとの部分だ。前後の写真から欠けている箇所を推測しようと、懸命に記憶を手繰《たぐ》る。しかし、考えても考えてもわからない。

もどかしい焦燥感ばかりが募り、恵多はアルバムを乱暴に閉じた。

結局判明したことは、自分の記憶の欠落が思ったより大きいようだという、さらに不安を増幅させる事実だけだった。

「久しぶりだね、恵多くん」

男は記憶にあるとおりの甘いかたちの目で微笑して、恵多を出迎えた。

「お休みの日にすみません」

「かまわないよ。さぁ、はいって」

高層マンションの上層階にある部屋は、モデルルームのようだった。シンプルにまとめてありながら、ひとつひとつのファニチャーが高価なものであるのを感じさせる。あるいはそれには、部屋の主の外見や雰囲気も加味されているのかもしれない。

須藤栄二《えいじ》――父の生前、ナカザトデザイン事務所の顧問弁護士をしていた彼は、日独のハーフで彫《ほ》りの深い顔立ちと、モデル張りのスタイルを具《そな》えている。落ち着いたグレーのVネックセーターが、品よく似合う。身長は章介と同じほどもあるだろう。年齢も確か章介と同じぐらいだ。

「三年ぶりになるかな。元気にしていたかい？」

窓際に置かれたソファセットのテーブルにコーヒーを運んできながら、須藤が懐かしそうに言う。

「はい。あの、須藤さんのほうも」

「それなりにやっているよ」

この生活ぶりを見れば、それなりに、などというレベルでないのは明白だ。父も須藤のことを「うちには勿体《もったい》ないぐらい有能な弁護士だ」とよく言っていたものだ。いまも企業弁護士として活躍しているに違いない。

と、目の前に置かれたコーヒーのソーサーに三つもポーションミルクが載せられているのに気づく。

そういえば内田久美もカフェオレを譲ってくれたし、高校生のころの恵多はよほど周りにお子様味覚だと認識されていたのだろう。

――でも、いまだに覚えてくれてるって……。

久美は恵多に好意を持っていたらしいから、覚えていたのも納得できる。

しかし須藤はどうだろう？　たくさんの企業クライアントのうちの小規模な一社、その社長の息子のコーヒーの趣味などいちいち覚えているものだろうか。

恵多はやわらかい色合いになったコーヒーに口をつけながら、向かいのソファに座る男を見た。大きな窓からそそぐ陽光を受けて、髪も眸も明るい栗色に輝いている。

……五年前の二月十四日に、家のガレージで自分とキスをしていたという栗色の髪の男。それはやはり、須藤だったのだろうか？

今日、恵多がここを訪ねたのは、須藤とのあいだに特別な関係があったのかを探りたかったためだ。自分で思い出せない以上、相手から情報を得るしかない。とはいえ、突然「俺とキスしたことありますか？」などと訊くわけにもいかない。

もしも恋人関係にあったのなら、じかに顔を合わせればなにか思い出すかもしれないと期待したのだが、そんなふうに調子よくはいかなかった。

「お父さんの話を聞きたいって言ってたね」

アポイントメントを取るとき、恵多はそう口実をつけたのだ。

「え、はい。父さん、仕事人間だったから、俺は知らない部分が多くて……これから就職活動も山場にはいるんで、いろいろと見直したいんです」

「恵多くんも、もう就職活動をする年か。ついこのあいだまで高校生だった気がするのにね」

優しく細められた目に、気がかりそうな色が浮かぶ。

「あの時は頭を打って大変だったけれど、いまはもう大丈夫なのかい？」

「生活するのには問題ありません。ただ、やっぱり父さんの葬式前後と、中学高校のころの記憶は部分的に欠けたままみたいで」

須藤が眉間に皺を寄せた。

「そうか――」

少し考えこむ間《ま》ののち、ひとり言のように呟く。

「私のことも……それでは覚えていないのか」

須藤のことを覚えていないわけではない。だからこそ、こうして訪ねてきたのだ。須藤もそれを承知のうえで「覚えていないのか」という表現をしたのだろう。

――要するに、俺は須藤さんとのなにかを覚えてないいんだ。

なにか特別なことが、自分と須藤とのあいだにはあったのだ。

例えば、キスをする関係のような、特別な……。

須藤は恵多の父親がどれほど優れた営業手腕を持った経営者であったかを、細かいエピソードを交えて懐かしそうに話して聞かせてくれた。記憶している須藤よりも、目の前にいる須藤のほうが温かみがある。それもまた、自分が須藤の一部を忘れてしまっている証拠のように思われた。

——須藤さんて仕事ができて、人柄もいいんだよな。

「須藤さんを逃《のが》しちゃって、章介の会社は損したなぁ」

笑いながら恵多がそう言うと、須藤は顔を曇《くも》らせた。沈黙が落ちる。

「あの…どうかしましたか？」

なにかいけないことを言ってしまったのかと焦る。

「いや、すまない。いまの社長から聞いてないのか」

「いまの社長って、章介？　俺はなにも」

「そうか。だからこそ、こうして訪ねてきてくれたわけだ…」

須藤は苦笑しながら言う。

「私はいまの社長——仲里章介氏に解任されたんだよ」

「え…」

「彼は私のことをよく思っていなくてね。だから今日、私に会ったことも言わないでおいたほうがいい」

須藤が顧問弁護士を辞めたのを知ったときのことを、恵多は思い返す。

父が亡くなって半年ほどたってから、たまたま章介との会話のなかで須藤の話になり、「あの顧問弁護士なら、俺が社長になって一週間もしないうちに辞めた」と聞かされたのだ。だからてっきり、須藤のほうが新しい社長の章介を見限って辞任したのだと思いこんでいた。

「――章介のバカ。須藤さんみたいなやり手の人を解任って」

思わず本気で溜め息をつくと、須藤が小さく笑った。

正面から視線が合う。

「君は、相変わらず可愛いね」

「……」

まったく覚えていないけれども、やはりキスの相手は須藤だったように感じられた。だとしたら、どんな関係だったのだろう。たまたま一度だけのキスだったのか。何度もキスをしたのか。それとも、キス以上のこともしてしまっていたのか。

――俺、いま章介を好きになってるみたいに、須藤さんを好きだったのかな？

それならば、ほかの同性に目を向ければ、章介への気持ちは消せるのだろうか……そう考えたら、なぜか無性に悲しくなった。

夕方から仕事絡みで出かけなければならないという須藤は、マンション一階のエントランスまで、わざわざ恵多を見送ってくれた。

「もしよかったら、またこうして恵多くんに会えると嬉しい。就職活動のアドバイスもしてあげられると思うしね」

須藤は別れ際にそう言ってくれた。

「ありがとうございます」

今日だけでは欠落している記憶もまったく甦らなかったし、須藤との過去の関係にも確信が持てなかった。

それに須藤の就職活動のアドバイスなら、かなり役に立ちそうだ。章介などアドバイスを求めても「素《す》で行け、素で」などという言葉しかくれない。

須藤ともう何回か会っても、悪いことはないかもしれない。

「しかし恵多くんは本来なら、就職活動をしなくていい立場なのに……私の力不足だ」

言われた意味がわからなくて見上げると、須藤は本当に申し訳なさそうな顔をしていた。

「どういう意味ですか？」

「君のお父さんが亡くなったとき、私は君が大学卒業と同時に会社を継ぐ案を推していたんだ。それまでは中継ぎとして信頼できる人物が社長職に就くかたちで」

「――そんな、俺が社長とかって、ないですよ」

思わず笑ってしまったが、須藤は真剣な面持ちで肩を摑んできた。

「あの会社は、君のお父さんが心血をそそいで育ててきたものだ。それを継ぐ権利が一番あるのは、君なんだよ。恵多くん」

心血をそそいで仕事にかまけすぎて、妻に逃げられた。そして酒に頼るようになり、飲酒運転で車ごと海に沈んだ。

俯いた恵多の頭に、苦い声が落ちてくる。

「君を後継者にと強く推したことで、私は君の叔父さんに解任されたわけだが」

——それって……。

嫌な想像が拡がりそうになって、恵多はとっさに、須藤に対しても自分に対してもいまの言葉が聞こえなかったふりをした。


採用試験を受けた外資系デザイン会社から不採用通知が届き、自分が価値のない商品になったような気がした。就職活動中の人間の多くが味わう挫折《ざせつ》感なのだろうけれども、恵多の場合はそこに記憶の欠落という不全感も加わっている。

しかも、叔父への恋愛感情は、もう自分でもどうしていいのかわからないレベルにまで膨れ上がっていた。

多方面で弱りすぎて、友達にも弱みを見せられなくなってしまっていた。渡辺に就活状況を訊かれてもうやむやに答え、景気づけの合コンに誘われても断っている。いくら女の子と出会っても、章介への感情が薄らぐことはない。

自分はたぶん異性より同性が好きで、血の繋がった叔父に恋をしていて、過去にも男とつき合っていたのかもしれない。

それが仲里恵多の現実だった。一ヶ月前には知らなかった、現実。

……知らないほうがよかったと、日に何度も思う。

コンビニで夕飯にするおにぎりを買って家に帰る。まだ五時半だから、当然、章介はいない。４ＬＤＫの家でこうしてひとりで過ごすのは子供のころから慣れているはずなのに、今日は居ても立ってもいられないほど寂しい。

こんな処理しきれない気持ちに陥《おちい》って、父は酒を飲んでいたのかもしれない。父の存在が妙に近くに感じられて、ちょっと酒を飲みたくなった。けれどもこの家には調理酒ぐらいしかアルコールがない。買いに行こうかと立ち上がったとき、携帯電話が鳴った。

章介かと期待したが、表示された名前は半月ほど前に登録したものだった。通話キーは押さなかった。しばらくすると電話が静かになる。

留守録にメッセージがはいっていた。

『恵多くん、このあいだは家に来てくれてありがとう。明日の夜、食事でも一緒にしないかい？　携帯のほうに返事をもらえると嬉しい』

やわらかくてきちんとした喋り方が、耳に心地いい。

でも、須藤に連絡をするのは躊躇《ためら》われた。

須藤と自分のあいだになにがあったのか、どういう関係だったのかは、知りたい。

でも、知りたくないこともある。

章介がどういう気持ちで兄が遺《のこ》した会社の社長になったのかは、知りたくないのだ。

「……でも、このままじゃいられないよな」

もしも須藤がキスをした相手で、かつて自分が彼に好意を持っていたのならば、またその気持ちが復活するかもしれない。

――そうしたら、章介といても、いまみたいには苦しくなくなる。

父のようにアルコールに逃げるよりは、同じ逃げるにしても、そちらのほうがいいように思われた。


約束した九時に待ち合わせ場所に行くと、須藤がすでに待っていた。

「こんばんは、恵多くん。デートの誘いに乗ってくれて嬉しいよ」

さらりと言われた言葉に、恵多はドキリとさせられる。須藤と自分はやはりデートをするような仲だったのだろうかと考えこんでいると、須藤が栗色の眸で心配そうに顔を覗きこんできた。

「少し痩《や》せたんじゃないかい？」

「就活でちょっとへこんでて」

誤魔化すためとはいえ、弱音が素直にぽろっと口から出て、自分でも驚く。

「美味しいものを食べて、今日は少しでもくつろいでほしい。相談にも乗るよ」

連れて行かれたのは、一風変わった店だった。

旧い洋館の畳敷きの六畳間に洋風のテーブルセットがひと組だけ置かれている。黒いテーブルはピアノのように黒くてつややかだ。それと同じ材質でできた椅子の座部と背凭れ部分は、華やかな模様の緞子《どんす》で覆われている。天井のレトロなシャンデリアが丸みのある光を投げかけており、どうやら大正モダンといったコンセプトらしかった。

料理のほうは創作和食というジャンルで、オリーブオイルなどを使いつつ爽《さわ》やかな和風の味つけだ。食材にはいちいち手のこんだ細工がしてあって、食べるのに気が引けるほどだった。須藤は白ワインを頼み、強く勧められた恵多も一杯だけ相伴《しょうばん》したのだが、料理にとてもよく合った。

和洋折衷《わようせっちゅう》の空間と料理は贅沢《ぜいたく》そのもので、向かいに座る須藤は常にやわらかい微笑を浮かべている。

就職活動の話を須藤は興味深そうに聞いてくれて、使えそうな具体的なアドバイスをいくつもしてくれた。

なにもかも完璧すぎて少し落ち着かないけれども、須藤といるのは心地がいいような気がする。もしかすると、かつてこんなふうに一緒に過ごしていたのかもしれない。

デザートが終わって食後のエスプレッソが運ばれてきたとき、恵多は思いきって尋ねた。

「変なことを訊いてもいいですか？」

「なにかな？」

須藤がテーブルに肘をおいて、見詰めてくる。

「あの……、俺とつき合ってたこと、ありませんか？」

須藤がわずかに目を見開く。しかし言葉はない。

的外れな質問をしてしまったのかもしれない。しどろもどろになりながら言葉を足す。

「あの、えっと。高校のころ——家のガレージで俺と栗色の髪の男の人がキスしてるのを、見たって人がいて……でも俺、全然記憶になくて。だから、もしかしたら、須藤さんだったんじゃないかって」

須藤が睫《まつげ》を伏せた。しばらくなにかを堪えるような表情をしていたが。

「私は覚えているよ」

ゆっくりと上げられた眸は、かすかに濡れていた。

「…………」

——覚えてる、って…ことは。

自分で訊いておきながら、ものすごく驚いてしまっていた。

「俺とつき合ってた、んですか？　本当に……その、恋人みたいな意味で？」

深い頷きが返される。

「恋人だったんだよ。君と私は」

頭の芯がぐらりとした。記憶も実感もないけれども、本当に自分は須藤とそういう仲だったのだ。

「でも……でも、どうして言ってくれなかったんですか？　この三年間、須藤さんのほうから連絡もなかったし」

「三年前に昏倒して頭を強打した君は、私との関係をすっかり忘れてしまっていた。しかも、仲里章介と暮らすようになって——彼は私のことをよく思っていなかった。君との接触をいっさい禁止されたんだ。君は彼を信頼しているようだったから、本当のことを言っても信じてもらえないと思った——つらかったよ」

止まりそうになる思考を懸命に動かして、事実を整理する。

三年前に父が亡くなった報告を受けた自分は、ショックのあまり昏倒して頭を打った。病院で目覚めたとき、須藤との恋人関係を忘れてしまっていた。父の葬式のあたりの記憶もショックのせいかひどく不確かだ。葬式は急遽《きゅうきょ》帰国した章介が取り仕切ってくれて、その時に初めて叔父である彼に会った。

そうして章介と暮らすようになった。血縁者である彼を頼りにしていた。確かに当時、須藤が事実を告げてきたとしても受け入れられなかったに違いない。

「恵多くん…」

須藤が席を立ち、恵多の横でかがみこむ。顎の下に指を差しこまれる。栗色の眸が近づ

いてくる。唇が触れ合う寸前、恵多は顔を背けた。

「すみま…せん。俺、本当になんにも思い出せてなくって」

謝ったけれども、須藤はやわらかい声で逃げ道を塞《ふさ》いだ。

「大丈夫だよ。ゆっくり思い出していけばいい」

顎を摑む指の力が強くなる。キスをされた。

5

人の気配で目が覚めた。

リビングのソファでうつ伏せの姿勢のまま伸びをして、クッションから片目だけ外す。眠気に滲んだ視界のなか、章介がカウンターテーブルのスツールに腰掛けているのが見えた。

とたんに心臓が軋《きし》んだ。

今晩も須藤と会って、食事をして、車のなかでキスをした。三度目の「デート」で、口のなかに舌を挿《い》れられた。同性とキスすることに違和感を覚えたけれども、須藤はうまくて、途中からは少し気持ちよくなった。

いったん唇を離して、須藤が囁《ささや》いてきた。

『君はキスのとき、舌を吸うのが好きだったんだよ』

そう教えてから須藤が舌を差し出してきた。

戸惑いながらも恵多はそれを咥えて、吸った。ひどくなまなましい感触に鳥肌が立った。

キスのあと、家の近くまで車で送ってもらい、降り際に尋ねた。

『……俺と一緒に、風呂にはいったこと、ありましたか？』

すると須藤は頷き、『そのうち、また一緒にはいろう』と言った。

もう疑いようがなかった。

あの誰かと湯船に浸かっている幸せな夢。あれは須藤との記憶だったのだ。

一緒に入浴したということは、おそらくキス以上の肉体関係もあったのだろう。

……真相がわかっただけのことなのに、なぜか、あの夢も自分も、汚れてしまったように感じられた。

そんな自分を見られたくなくて、クッションに顔を伏せて寝たふりをしようとしたのだが、もう一度ちらと章介を見た恵多はソファから落ちそうになりながら立ち上がった。

「なに、してんだよっ」

駆け寄ると、章介が無表情で見返してくる。

耳に恵多の携帯電話を当てたまま。

「人の携帯、勝手に…っ！」

マナー違反をしているのは章介のほうなのに、その据《す》わった目に気圧される。

ようやく耳から外された携帯電話は、章介のジャケットのポケットへと放りこまれた。

章介がゆっくりとスツールから立ち上がり、半眼で見下ろしてきた。こんな表情をする章介を見たのは初めてで、恵多の心臓は竦む。

「ここのところ様子がおかしいと思ってたが、そういうことか」

「……そういう、こと、って」

「須藤と会ってたんだな。今晩も会ったんだろう」

留守録を勝手に聞いたのだ。

須藤はふたりの関係を匂わせるようなメッセージなど入れないが、甘みのある声音や口調から親密さが、章介にも伝わったに違いない。

「そうだよ。須藤さんと会ってる。それが、どうかしたのかよ」

「どうして、あいつに会う必要がある？」

「す、須藤さんは」

眼底に力を入れて睨《にら》み合いに負けないようにしながら答える。

「須藤さんは章介と違って、就活のことでもなんでも親身に相談に乗ってくれるから」

章介のジャケットのポケットに手を入れて携帯電話を取り返そうとすると、手首をぐっと摑まれた。

「なんでも簡単に答えをもらって安心したいだけだろ」

苦い声で詰《なじ》られる。

「頼むから、もっとしっかりしてくれ」

その言葉に、気持ちをひどく刺激された。

大学を出てから単身アメリカに渡って仕事を得て生活していた章介は、自分の頭と腕で生きてきたのだろう。そういう章介を格好いいとは思う。思うけれども。

「俺は章介みたいに強くない」

握られているだけで手首から甘い痺れが拡がって、支配されそうになる。腕を大きく振るのに、放してもらえない。

「俺の気持ちなんて——章介には、わかんないし、どーでもいいんだろっ」

恋愛感情のことも記憶のことも就職活動のことも、なにもわかろうとしない章介に無性に腹が立つ。涙が目に滲む。

章介が溜め息をついて、一方的に言う。

「とにかく、須藤にはもう会うな」

「……」

「いいな」

「……会う」

手首の骨が折れそうなほどきつく握られ、詰めるように問われる。

「なんでそんなに須藤に拘るんだっ？」

近すぎる距離から章介に見詰められて、心臓が張り詰める。呼吸も苦しくて、楽になりたい一心で言葉を吐き出した。

「なんでって、恋人だから」

実際には昔、恋人だったらしいだけで、改めてそういうつき合い方をしようという話はしていない。けれども須藤の言動は明らかに恋人に対するものだから間違ってもいないだろう。

章介の目が大きく見開かれる。

そこに自分を映されるのが、つらくて仕方ない。

「俺——俺は、同性が好き、なんだ。キスとかセックスとかするような、好きって意味だから」

沈黙したあと、章介が濁《にご》った声音で訊いてきた。

「………須藤と、したのか？」

キスはしている。セックスも、そのうちするのだろう。だから、頷いた。

すると、ふいに章介の手が力を失って手首から剝《は》がれ、だらりと垂れた。恵多はジャケットのポケットから携帯電話を取り返すと、そのまま二階に駆け上がり、自分の部屋へと飛びこんで内鍵をかけた。

ベッドに突っ伏したのと同時に涙が溢れてきた。

「……ショースケ」

章介のことが好きだ。好きで、たまらない。

その相手に、自分はほかの男のものだと伝えた。しかもその相手は、章介が嫌っている人間なのだ。

自分自身で汚れたと感じたのと同じように、章介からも汚れたと思われたに違いない。手首から急に手を離したのも、触っていたくないと思ったからなのではないか。

——もう、普通にできないのかな……。

普通に視線を重ねて、普通にどうでもいい会話をして、普通に手が触れ合うようなことも、もうないのかもしれない。

失ってしまった「普通」の大きさに、涙が止まらない。

感情が昂ぶりすぎて、眠れたのは空が明るくなりかけたころだった。

目が覚めると、時計は十一時になろうとしていた。今日の講義は午後からだから、ゆっくり支度をしても充分間に合う。

一階に下りると、とっくに仕事に行っているはずの章介がワイシャツにスラックスという姿で、カウンターテーブルでコーヒーを飲んでいた。

泣き腫らした顔を見られたくなくて、恵多は無言のままリビングの入り口で踵《きびす》を返し、洗面所に素早くはいった。

顔に水を叩きつけて冷やしていると、急に二の腕を後ろから摑まれた。

「ちょっ…なんだよっ」

顔からぼとぼとと水滴を垂らしながら、章介に横のバスルームへと連れこまれる。

そして、バスタブへと顔を伏せさせられた。

蓋を外されたそこには、水が張られていた。

「あ…」

一瞬にして心音がおかしくなり、身体に痺れが駆け巡る。眼窩《がんか》を打たれたかのような頭痛が押し寄せてきた。

「……うう、ぅ」

心理的に不安定になっているときに溜まっている水を見たら、高確率で発作が起こる。章介はそれを狙ったに違いなかった。

須藤のことで怒っていて、これはきっと罰なのだ。

蹲《うずくま》ろうとする恵多の身体を章介が抱き寄せる。

「恵多」

かすかな甘みを含んだ低音が耳元で囁く。

「いま、助ける」

抵抗できない恵多の身体を、章介が両腕で抱き上げる。二階の、章介の部屋へと運ばれた。

ダブルサイズのベッドの、濃紺色のベッドカバーのうえに、身体を転がされる。

「シャツが濡れてるな」

顔を洗っているところだったから、シャツの胸元が少し濡れていた。

裾を摑まれて大きく捲《まく》り上げられる。そのまま腕と首からシャツを抜かれた。上半身を裸にされ——それから濡れてもいないジャージパンツと下着をひとまとめに下ろされた。

章介がベッドを離れて、紺色のカーテンを開いた。大きく剝き出しになった空は、綿を薄く延ばしたような雲に覆われていた。太陽は見えないけれども全体的にほの白く光っていて、不思議な眩しさがある。

これまでバスルームで発作を起こしたのは夜ばかりだったから、昼の光のなかでこんなふうに無防備に裸体を晒すのは初めてだった。人工灯より自然光のほうが、夜より昼のほうが、いたたまれない気持ちを掻き立てられる。

章介がすぐ近くに立って、見下ろしてくる。

それだけで身体の芯がざわついて、肌が粟立《あわだ》つ。

——これも、罰なんだ?

発作を起こさせただけでは足りなくて、恥ずかしい思いをさせたいのだろう。

章介がベッドの縁に座り、左手で頬に触れてきた。水気が残っている顔を掌で撫でまわされる。いつものようにタオル一枚に隔てられていないだけで、それはひどく甘ったるい行為のように感じられた。触れられている場所がゾクゾクして、恵多の唇は自然と半開きになる。

額を撫でられて、鼻筋を親指で辿られる。そのまま指が下がって、唇を指先でふにふにと押された。

章介がゆっくりとした動きで、上体をこちらに深く倒してくる。間近で視線がぶつかる。黒い眸が潤《うる》んでいる。……そのまま、唇に、しっかりとした感触の唇が重たく被さってきた。

「う…」

いま起こっていることを、恵多は受け入れられずにいた。

受け入れられないまま、身体中が心臓になったみたいにドクドクしだす。章介の唇が感触を確かめるように蠢き、下唇に吸いついてくる。何度も吸われてから、舌先を唇の狭間《はざま》に宛《あて》がわれた。

唇の輪を押し拓かれていく感触に、恵多はきつく目を瞑った。

――なんで……。

これが罰だとしたら、あまりにも残酷だ。

好きでたまらない相手に舐められて、舌は簡単に蕩《とろ》けてしまう。

甘い痺れが口から全身へと強弱をつけて響きわたる。口蓋《こうがい》を舌先でくすぐられると、腰が震え、引き攣《つ》れた。

口のなかから、ようやく舌を抜かれる。

章介が視線を恵多の身体に這わせ、濡れそぼった唇で笑んだ。

「本当に男が好きなんだな」

その言葉に恵多は視線を下ろして自分の身体を見た。小刻みに波打っているなだらかな胸の向こうで、茎が勃《た》っていた。腫れて、先端の赤い実が完全に露出している。

左胸に掌を置かれた。心臓の激しい鼓動を読まれながら、中指の腹で胸の尖りを捏ねられれば、陰茎が付け根から大きく揺れて、反りを強くする。

すると章介が露骨に息を乱した。

恵多は揺れる視線を叔父の顔に向ける。

奥二重の目は強い光を帯び、眦からこめかみにかけて紅潮が拡がり、眉間はつらそうに寄せられていた。

それは、発情している表情に見えた。

——なんでだよ……どういう、こと……。

混乱しているうちに、左胸の手が鳩尾を伝って下腹へと向かう。

今日は謝りの言葉がないまま、章介の手にじかにペニスを握られた。

「んっ、うー」

懸命に抗議の唸りを漏らして、腰をよじろうとする。わずかに片方の尻だけを浮かすことができた。

嫌がっているのは伝わったはずなのに、しかし章介は握ったものを離してくれない。それどころか、恵多の下腹へと顔を寄せた。

濡れそぼった先端に、吐息をかけながら章介が言う。

「男が好きなら、俺でいいだろ」

恵多は強張る首を、必死に左右に動かそうとする。かすかに顎先が揺れる程度の動きしかできない。

大きく開かれた男の口のなかに、ぬめる茎が消えていく。

「う、っ…ぃ、あぁ——」

あまりにもなまなましい快楽とともに、セックスを試みようとするときに起こる拒絶反応が押し寄せてきた。全身の肌どころか、身体中の粘膜までもが痺れ、粟立つ。

抗いようのない状態でペニスをぬくりぬくりと口腔で扱かれ、付け根まで丸ごと含んでしゃぶられた。喉の入り口の粘膜で亀頭をやんわりと締めつけられる。

もうそれだけで恵多の手足はビクビクと跳ねた。

頭が芯から痛いほど痺れきる。

「――っ、――」

章介の喉へと種を流しこんでしまっていた。それを飲み下す音がして、恵多はショックを受ける。

しかも、果てたのに、章介は性器を口から解放してくれなかった。やわらぐ間もなく刺激を与えられつづける。

わずかに浮いたままの片方の尻を、大きな手で覆われた。大小の円を描くようにそこを揉みしだかれていく。次第に指が狭間へと食いこんでくる。奥底の窄まりに、指先で触れられた。

「……、……っ、ふ」

忙《せわ》しなく襞を乱すようにさすってから、指先に力が籠められていく。

――うそ…っ。

恵多はオレンジ色を帯びた眸を震わせた。痛みと違和感に、眉が歪む。

「狭いな」

ほんの指先を粘膜に咬《か》ませて、章介が呟く。

その狭い場所を円を描くようにほぐし拡げながら、少しずつ指が奥へと進む。日常のなかで見慣れた章介の指があまりにも淫《みだ》らな動きをするのに、恵多は嘘をつかれていたような気持ちになる。

ここにいるのは確かに章介だけれども、自分の知らない、「甥」には隠されていた部分の章介だった。

途中からは片方の膝裏を章介の肩に乗せられて、あられもなく開いた脚のあいだを章介に晒させられた。わずかにやわらんできた内壁を、指でいびつに圧される。

「ぁ…、……!」

ふいに体内がカッと熱くなって、腰が跳ねる。

「?……、っん!」

また、跳ね上がった。

うまく動かない舌、不明瞭な声で訴える。

「や…ら――――ぁっ、…」

内壁の臍側にある一点を擦られると、身体が反射的に跳ねるのだ。そのコリコリした部位をしつこく嬲《なぶ》られていく。

意識が途切れそうになる。肌に細かい汗が潤む。下瞼がせり上がってきて、目を開けていられなくなった。

――おかし……い。

「そんなに上手にしゃぶりつくな」

堪えるような低い声で、章介に指摘される。やはり、そうなのだ。

まるで、ずっと飢えていたかのように、粘膜があさましく蠢きながら男の指に絡みついていた。もう一本の指が入り口を歪めて加えられると、なかが痙攣《けいれん》した。

「あ、あっ」

目の縁がヒクヒクして、涙が目尻から溢れる。

「……ケータ」

甘い音引きで名前を呼ばれる。

章介が覆い被さってきて、左腕で恵多の頭をかかえこんだ。

こめかみに流れる涙を、右側も左側も啜《すす》られる。

そのまま……ひどく熱っぽい腫れた唇を、唇に押しつけられた。

「ふ――、ぅ」

好きな人の唇を与えられて、素直に頭の芯が震えた。

体内で二本の指がうねる。熟んだ粘膜を撫でさすられていくうちに、内壁がふっと拡がった。まるで、もっと太いなにかを求めるかのように、喘ぐ。

――……を、欲しい。

曖昧に思ってしまってから、自分がなにを求めているのかがわかって愕然《がくぜん》とする。

三本目の指を根元まで挿れられたのと同時に、恵多はふたたび限界を迎えた。白い蜜が飛び散って、章介の服を打つ。

果てている恵多の口のなかに、慌ただしく舌がはいりこんでくる。朦朧となりながらも、恵多はその舌を弱々しく吸った。


「……ぅ、ん」

身体がだるくて熱い。

左頬を枕に沈めた横倒しの姿勢のまま脚を蠢かす。……布団のなか、下半身の素肌が剥き出しなのに気づく。下半身だけではない。上半身もなにも身につけていなかった。

それに、ここは見慣れた自分の部屋ではない。黒い天板にメタルが組み合わされたデスク。紺色のカーテンや椅子。持ち主のがさつな性格に反した、沈んだ静かな印象の部屋だ。

どうして裸で章介の部屋にいるのか。

ぼんやりと考えていると、膝裏にくっとなにかがはいってきた。腿の裏全体にぴったりと人肌が寄り添ってくる。

恵多の目は次第に大きく開かれていく。

なにがあったかを思い出す。背後の男から身体を離して起き上がろうとするのに、腹部に回されている腕に留められる。

後頭部の髪のあいだに、ラインのしっかりした鼻筋を擦りつけられる。身体の後ろ半分を章介の裸体に埋められていた。

下腹部に大きな手が這い、陰毛に指先を差しこまれる。

「――――」

章介が寝惚《ねぼ》けているのか起きているのか、わからない。でも、確かめる勇気はなかった。もし起きていたら、どう接すればいいか、まったくわからない。

わざと発作が起こるように仕向けられて動けなくさせられて、触られて、体内に指まで挿れられたのだ。覚えているのは二回目の射精までだが、章介も全裸になっているということは、そのあともなにかしたのかもしれない。

罰とはいえ、あまりに酷《ひど》い行為で、消え去りたいほど恥ずかしい。

しかも章介はきっと、恵多が行為を受け入れていると思ったに違いない。

自分でも弁明できないほど、身体は愛撫に応えて反応し、挙句《あげく》の果てには自分から章介の舌を吸ってしまった。

――……俺、本当に須藤さんと、してたんだ。

須藤に抱かれた記憶はないが、肉体には経験が刻みこまれていた。

「……」

『男が好きなら、俺でいいだろ』

章介はどういうつもりで、あの言葉を口にしたのだろう。

須藤に近づけさせないためなら性欲処理ぐらいしてやるという意味なのか。

――それとも……、恋人に、なるとか？

叔父と甥で恋愛関係になるなど、絶対に無理だと決めつけていた。

けれどももし章介が恋人になってくれるのだとしたら――、恵多は眉根を寄せて息を呑《の》んだ。

臀部に硬いものを押しつけられたのだ。

さすがに挿入まではしなかっただろうけれども、全裸で寝ているということは章介もなんらかの性欲を満たす行為をしたのかもしれない。

そう考えただけで、臍の奥底が痛いほど重く疼《うず》いた。

章介の唇の感触が唇に甦ってくる。

――ショースケと、恋人に。

しかしそれを思い描こうとしたとたん、冷たい痺れが身体のあちこちで弾けた。

よくわからない罪悪感のような感情が胸に溢れ返り、眼窩が重く痛みだす。

「…っ」

乱れる呼吸を、恵多は必死に噛み殺しつづけた。

6

章介が、家にいるときも黒縁眼鏡をかけなくなった。だから朝、できるだけ洗面所でバッティングしないように恵多は気をつけている。

剝き出しの眸でじっと見詰められるのが、耐えられないからだ。

歯を磨《みが》くだけでも、口のなかにものを入れて動かす行為自体が、ひどくいやらしいことのように感じられる。食事のときも、とにかく唇を見られると——思い出してしまう。章介とキスしたことを。

キスや性的行為をしたことは互いに触れずに過ごしているものの、章介のほうには明確な変化があった。

まったく視線を逸らさずに、恵多を見詰めつづけるようになったのだ。

あれ以降、身体に触れられてはいないから、ただ視線だけのことなのだけれども、それが日常を丸ごと性的な雰囲気で覆ってしまう。逃げ場なく間合いを詰められている感覚だった。ひどく息苦しくて、いたたまれない。

ある日、恵多は章介がいないときに彼の部屋にはいり、黒縁眼鏡を探した。眼鏡はケースにしまわれて、ラックに置かれていた。

眼鏡を取り出して、レンズの向こう側に指を通してみる。指はほとんど大きさやラインを変えなかった。試しにかけてみても、少し視界がぼやける程度だ。

やたらにごつい眼鏡だから度が強いように思いこんでいたが、どうやら視力はさほど悪くないらしい。

――なら、なんでこんな眼鏡をわざわざかけてたんだ？

眼鏡をケースにしまいながら、恵多は困惑する。

これまで章介との生活には、えくぼを見せたら視線を逸らされるというような、不可解なルールが存在していた。

いま思えば、章介は眼鏡やルールによって、ある一定の距離を保っていたのではないだろうか。

しかし、いまや章介はノータイムノールールで攻勢をかけてくる。恵多は一方的に負かされつづけ、追い詰められていた。

……たぶん、恵多のほうから性的なことをねだったり、あるいは恋人になってほしいと頼んだら、章介は受け入れるのだろう。むしろ、その流れになるように恵多のことを追いこんでいるのに違いない。

――でも、それはいけないんだ。

理屈ではない。おそらく、倫理的な感覚ですらない。

もっと深い部分から、章介とそういう関係になってはいけないという警鐘《けいしょう》が鳴り響いているのだ。章介と恋人になることを考えようとすると、とたんに発作が忍び寄ってくる。

そして得体の知れない罪悪感に、胸を締めつけられるのだ。

もうどうしていいのか本当にわからなくなっているところに、須藤からの連絡があった。章介のことで頭の整理をするために彼と話したかったから、会社説明会に参加した帰りに待ち合わせをした。

迎えにきてくれた須藤の車の助手席に乗りこんだ恵多は、彼の頬に青黒い痣《あざ》ができているのに驚かされた。

その痣を手で押さえながら須藤が苦笑する。

「君の叔父さんが事務所にやってきてね。殴られた」

「すみません——俺とのことで、ですよね」

「ああ。二度と君に会うなと怒鳴られた」

須藤が苦い顔で続ける。

「私が恵多くんに接近すると、彼にとって不都合なことが多いからね」

以前、須藤から話を向けられたが聞かなかったふりをしたことがある。そのことも、章介とのことをしっかり考えるうえでは知っておかなければならない。意を決して尋ねる。

「……前に言ってましたよね。須藤さんが俺を会社の後継者に推してて、それで叔父に顧問弁護士を解任されたって。不都合なことって、それですか？」

須藤が苦い横顔で頷く。

「彼は長年にわたるアメリカでの生活に終止符を打って、君のお父さんの会社を手に入れることにした。そのために手段を選ばず、恵多くんの記憶の欠落をいいことに、私と君の仲を引き裂いたんだ。私は君の恋人で、なによりも君の利益を優先させる人間だったから、邪魔で仕方なかったわけだ」

　耳を塞ぎたくなった。

「でも――でも、ショースケが……叔父が、一緒に住んでくれて、面倒を見てくれてきたのは、本当で」

　すると、運転席から伸びてきた手に肩をきつく摑まれた。

「それは、前社長の遺児の面倒を見ることで社内の風当たりを緩めることや、遺産絡みの思惑があったからだ。遺産管理も彼がいいようにしてしまっているんだろう？」

「……」

「君は三年も騙《だま》されてきたんだ」

　須藤に抱き寄せられる。

「守れなくて、すまなかった」

　頭を撫でてくれる須藤の手は震えていた。

　――……たぶん、須藤さんの言ってることが、本当なんだ。

　それならば、すべての辻褄《つじつま》が合う。

　アメリカで紙媒体やインターネット関連のデザイン業を手がけていた章介にとって、同業の企業を手に入れられるのは、願ってもないことだったに違いない。

　彼は死んだ兄の会社を継ぐために、日本で生活することを選んだ。

恵多のところに転がりこむかたちで同居したのは、周りへの印象操作と、恵多が須藤と接触しないように監視する意味合いもあったのだろう。

十三歳も離れているのに、大して年が変わらないような砕けた雰囲気で接してくれたのも、そうやって信頼させることで、都合のいいように物事を運べたからだったのか。

——あんなことを、したのも……。

恵多が同性愛者だと知ったうえで、肉欲を満たしてやって、恋人のふりでもしておけば、丸めこめると考えたからなのか。

確かにそうでもなければ、大の女好きの章介が、同性の、しかも甥などに手を出すわけがない。

章介との恋愛を考えようとすると発作が起こりそうになるのは、無意識からの警告だったのかもしれない。

………………ぜんぶ。

身体中の力が抜けていく。

——ぜんぶ嘘だった？

仲里章介と過ごした三年間は、利害関係から作り出された嘘の塊《かたまり》だったのか。

嗚咽を漏らす恵多のぐにゃぐにゃになった身体を、須藤はきつく抱き締めてくれた。

「ケータ、飲みすぎだって」

心配顔の渡辺が苦笑する。

「なんかエロい顔になるよな、酔っぱらうと」

後期試験終了を祝して居酒屋の畳敷きの個室で仲間内の飲み会となったのだが、酒を飲みだしたら止まらなくなった。ビールから始まって、ワインを飲んで、強いカクテルを飲んで、日本酒まで飲んだ。父のことがあって飲酒自体に否定感を持っているから、これまではつき合い程度にしか飲まなかったが、体質的には量を飲めるらしい。父親譲りなのだろう。

「酒って、いいら」

「いいらって、舌回ってねー」

渡辺が笑う。恵多も背後の壁にへんにゃりと寄りかかったまま笑う。

酒がこんなにいいものとは知らなかった。

気持ちがふわふわと麻痺して、自分を雁字搦めにしている苦しさがくだらない、どうでもいいことのように思えてくる。

笑っているうちに、後頭部をずるずると壁になすりつけ、身体が仰向けに倒れた。

「ちょ…ケータ、お前までヤバいんじゃ」

渡辺が身体を傾けて顔を覗きこんできた。

とろんとした目で、友達のすっきり整った顔を見返す。そのまま、恵多は首だけを少し起こした。

肉の薄い唇と一瞬、唇が触れ合う。

角度的に周りからは見えなかっただろう。渡辺は唖然としたまま、ふざけんなという突っこみを入れるタイミングを逸《いっ》した変な顔になって、上体を起こした。

おかしくてククッと笑うと、こめかみを軽くグーで殴られた。

――キスなんて、誰とでもできるし。

だから、章介からされたキスも、どうでもいいものなのだ。いま渡辺としたから、章介の分は二分の一。十人とキスしたら十分の一。百人とキスしたら百分の一。どんどん、小さく砕けていく。

お開きになり、渡辺の肩に腕を回させられて、なかば引きずられながら店を出た。

歩いたら急に具合が悪くなって、店の隣のマンションの植えこみのところにしゃがんでしまう。吐き気はするが、吐けない。

渡辺は自分が恵多の面倒を見るからと、ほかの面子《めんつ》を酒のあとのカフェコースへと送り出した。

植えこみ周りの縁に腰掛けて、渡辺が訊いてくる。

「電車、乗れそーか？　送ってやる代わりに、今度なんか奢《おご》れよ」

家に帰りたくない。

せっかくかかっている〝どうでもいい〟の魔法はきっと、章介の顔を見たら一瞬で解けてしまう。

「……ナベんち、泊めて」

植えこみに埋もれるようにして言う。

渡辺はちょっと考える顔をして恵多を見ていたが、ぷいと横を向いた。

「なんか、アヤマチが起こりそーだから、ムリ」

「アヤマチ、いいじゃん。男同士のアヤマチ」

――俺なんて高校のときから、須藤さんとヤりまくってたんだろうし。

記憶にはないけれども、この身体は間違いなく男を知っている。

植えこみに寄りかかりながら空を見る。

夜空には暗灰色《あんかいしょく》の雲が一面にかかっていて、月がどこにあるかまったくわからなかった。

それとも、月が見えないのはもう瞼を閉じてしまっているからなのだろうか。

とても眠かった。

車のエンジン音と振動が静かに続いている。

目を開けると、見慣れた男の横顔があった。

視線を感じたのか、一瞬、奥二重の目がこちらを見た。

「かなり飲んだらしいな。困ってたぞ、渡辺くん」

渡辺が勝手に章介に連絡を入れたのだ。

……思ったとおり、酒の魔法は章介の顔を見たとたんに解けた。それどころか、酒を飲む前よりも苦しさは増していた。

章介は三年間も自分のことを騙していたのだ。

「ショースケ」

フロントウィンドウから見上げる空は、夜の海のように暗い。

「このまま一緒に……海に沈もっか？」

「いっちょまえの酔っ払いだな」

「父さんの子供だから」

「筋金入りか」

「――俺、ひとり暮らしするから」

数秒ののちに車ががくんと減速し、路肩に停められた。

シートベルトを外しながら、章介が不機嫌な声で決めつける。

「そんなこと、できるわけないだろう」

「できる。ナベだって、してる」

「発作が起こったらどうする気だ？」

「ショースケと離れたら、起こらない気がする」

章介が腰を大きく捻じるかたち、恵多へと身体を寄せてきた。

近すぎる距離から睨まれる。

「思いつきで、適当なことを言うな」

「思いつきじゃない。前から考えてた」

距離を取りたくて自分のシートベルトを外そうとすると、それより一瞬早く、章介の手がシートベルトの留め具部分を摑んだ。その手を開かせようとしているうちに、章介が覆い被さってきた。睫を伏せて、顔を深く傾けて。

「――っ」

とっさに自分の口に手の甲を押し当てた。掌に、弾力のある唇の感触が押しつけられる。その唇が開いて、濡れたやわらかな肉が掌を這いまわる。

全身の肌がざわめく。

手を退けてしまいたい。

唇を唇で受け止めたい。舌を舐めてもらいたい。章介に抱かれたい。

騙されていたとわかっているのに、強烈な願望が込み上げてくる。

「……かげんに……しろ、よ」

ガタガタの声で訴える。

「いい加減に、してくれよっ」

黒い眸が、深く覗きこんでくる。

掌にくっついたままの唇が「なにがだ？」と動く。

「本当は」

追い詰められきって、涙目で睨みながら詰る。

「本当は、俺の気持ちわかってて……わかってるから、キスしてやればどうにかなるって、思ってるんだよな？」

するつもりのなかった恋の告白を、してしまったも同然だった。

間近にある眸が揺らぎ、それを隠すように瞼が伏せられた。

そうして章介は取り繕う言葉もないまま、恵多のシートベルトの留め具を包んでいた手を外して、運転席へと背中を戻した。

恵多はぐったりした身体を、横のウィンドウへと傾けた。そこに映りこむ章介に焦点を結ばないように気をつけながら、遠くの光を見詰めつづけた。

7

ビニール傘を雨雲に向けて開き、駅の改札口を出る。引っ越して二週間、駅からアパートまでの十二分の道のりも通い慣れてきた。

少し遠回りになるけれども、美味しいバターロールを売っているベーカリーに寄った。その店を教えてくれたのはアパートの隣人の祐香《ゆうか》だ。彼女の話によると、アパートの八人の住人は、恵多以外はみんな社会人らしい。そのせいで平日の昼間はシンとしていて、住人たちが仕事から帰宅する時刻になるとあちこちで物音が聞こえはじめる。

木造アパートの薄い壁は、びっくりするほど音をよく通す。隣の部屋でなんのテレビを観ているかわかるし、電話の話し声もけっこう聞こえる。ちょっと落ち着かないのは確かだけれども、心が弱っているいまは人の気配を感じられるのがかえってありがたかった。

大学までの便がよくて安いところを選んだら畳の部屋だったのだが、それも住んでみるとけっこう心地いい。一階の角部屋で、布団を干せる小さなベランダがついている。共有のほんの狭い庭には草木が植えられていて、風が吹いたり雨が降ったりするとそれらが細《ささ》やかな音をたてる。

これまでも家事はなんだかんだとやってきたので、生活面で特に困ることはなかった。ただ料理はひとり分というのがなかなか難しい。昨夜もカレーを作りすぎてしまって、祐香におすそわけした。そのお返しに今夜は彼女がお好み焼きを作ってくれるという。

「……」

アパートの前に着いたところで、恵多は手の甲で頬を擦った。こんなふうに涙が急に目から転がり落ちることが日に何度かある。その涙を目撃した渡辺に「就活鬱《うつ》じゃねぇの？」と心配された。

傘の水滴を払って、部屋の鍵を開ける。

雨の音がする薄暗い空間が広がる。

そこに濡れそぼったスニーカーで一歩踏みこむと、ふいに背後で慌ただしい靴音が起こった。なにごとかと振り返った恵多は、まだ潤んでいる目を大きく見開いた。

とっさにドアノブを摑んで閉めようとするのに、取り落としたビニール傘が戸口に噛んでしまっていた。ドアチェーンを摑むが、焦りすぎてうまくかけられない。混乱しきっている恵多の手からドアノブが離れた。

ドアが向こう側に開いていく。

黒いハイネックのセーターに、暗灰色のスラックス。濁った空の色をしたコート。雨に重たく濡れた黒髪。

奥二重の目に凝視される。

「ショースケ……どうして、ここ…」

「お前がいつまでたっても戻ってこないから、大学からここまで尾《つ》けた」

章介がドアを閉めて、鍵をかける。

蒼褪《あおざ》めた恵多は大きく後ずさって、キッチンを兼ねた板敷きの廊下にスニーカーのまま乗ってしまった。

逆に章介は靴をきちんと脱いで部屋に上がってきた。

斜めがけした鞄の肩紐を大きな手で摑まれた。ぞっとするほど強い力が伝わってくる。

「靴、履いたままだぞ」

肩紐を摑まれたまま、恵多はぎこちない動きでスニーカーを脱ぐ。

脱ぎながら、掠《かす》れ声で確認する。

「――怒ってる、んだよな？」

「怒らせるような出て行き方をした自覚はあるわけだ？」

質問を質問で返されて、項垂《うなだ》れるしかなかった。

章介が留守のあいだに荷物をまとめて、友達の運転するワゴン車で逃げるように家を出たのだ。

「だいたい保証人はどうした？」

「……」

「まさか――須藤に頼んだのか？」

「須藤さんは、親切にしてくれる」

須藤は快く保証人になってくれて、困ったことがあったらなんでも相談に乗るからと優しく言ってくれた。

「あいつとは会うなと言ってあっただろ」

「会わないなんて、俺は約束してない」

章介は激しく舌打ちすると、なかば突き飛ばすように鞄の肩紐を放した。よろけた恵多の横を抜けて薄暗い六畳間にはいっていく。

天井の明かりが点けられる。

照らし出されたものは、小さな座卓と赤外線ストーブ、組み立て式シェルフ、それに寝具ぐらいのものだ。寝具は薄いマットレスを畳のうえにじかに置いて、シーツと枕と毛布が乗っけてある。衣類などは部屋の隅に積まれたダンボール箱にはいったままだ。

章介が空いているダンボール箱を摑み、シェルフに並んでいるものをそこに放りこみはじめる。

「っ、なにしてんだよっ」

止めようとする恵多の手は振り払われた。少ない荷物が手早くまとめられていく。

「ほかのものはあとで運ぶから、貴重品だけ忘れるな。帰るぞ」

ダンボール箱をかかえて、章介が言う。

恵多は畳を踏み締める足の裏に力を入れた。

「帰らない」

手も拳にして握り締める。そして一気に吐き出す。

「俺は自分でここを探して、保証人だって自分で頼んで、父さんが遺してくれた俺名義の預金でこの生活を始めたんだ。章介の言うことをきかなきゃいけない理由なんて、どこにもないっ」

「まだ危なっかしいガキだろうが。俺といろ」

「もう二十一だ。ガキじゃないっ」

また、あの苦しい生活に戻るのは耐えられない。

「あの家も、父さんが遺した会社も財産も、ぜんぶ章介の好きにすればいい。それが目的なんだろ？　俺はなんにもいらない。なんか書類にサインが必要なら、いくらでもする。だからもう、俺に関わんなよッ！」

「……」

章介はグッと喉が詰まったような顔をして、しかし反論はしなかった。

——やっぱり本当、なんだ。

わかっていたけれども、真実があまりにも痛い。

ゆっくりとした動きでダンボール箱を畳に置いてから、章介が近づいてきた。胸が波打つのが、裏切られて哀《かな》しいからなのか、章介が近くにいる嬉しさからなのか、よくわからない。それでもやはり触られるのはつらくて、頬へと寄せられた掌から身をよじって逃げた。

そのまま玄関口へと向かおうとすると、鞄を摑まれた。肩の骨に衝撃を覚えるほどの強さで引っ張られる。膝が折れて、どっと床に転げた。

「ショースケ、なに…」

見上げる先で、章介がコートから腕を抜いていく。その動作だけで、部屋に性的な雰囲気が充満した。

まだなにが起こったわけではないのに、発作の予期不安に身体が痺れだす。

――まず…い。逃げないと…。

起き上がろうとすると、章介が畳に膝をついて覆い被さってきた。雨に湿った男の体温に、ぞくりとする。濡れた黒髪に眉間をくすぐられる。鼻先が軽くぶつかり合い、擦れる。

セックスに慣れた大人の男が創り出す空気に呑まれる。

「や……」

緊張に引き攣れる唇を、したたかな弾力に包まれた。

首筋に強烈な痺れが走り、慌てて章介の肩口を押す……手指に力がはいらない。女の子相手のときは動けなくなって終わりだったが、いまは逆に動けないことがさらなる行為を呼びこんでしまっていた。

舌で唇の狭間をなぞられる。次第に強くなぞられて、言うことをきかない唇が開いてしまう。肉厚な熱い舌が口のなかにはいってくる。

泣きたいほどのなまめかしさで、舌を舐めほぐされた。

「ん…ふ……ん、んー」

喉が勝手に鳴る。そうすると、それに応えるみたいに章介も低く喉を鳴らす。発作の痛みが拡がりだした脳に、章介の喉音が甘ったるく絡みつく。

開きっぱなしの唇の輪を、ぬるりぬるりと舌が出入りする。下唇を舐められて、舌を舐められて、上唇を舐められて、口蓋を舐められる。

頬も首筋も背中も下腹も、ヒリヒリするほど熱い。

唇が離れる。章介の発情の吐息が顎にかかった。ジーンズのウエストボタンを指で探られて、腰のあたりにザッと鳥肌が立つ。ボタンが外され、ジッパーが短い音で下げられた。

「やだ——って」

痺れて重くなっている舌のせいで、言葉がのったりする。

顔を紅潮させて抵抗らしい抵抗も示せないまま、ジーンズを足から抜かれていく。靴下も脱がされる。

……セックスのときにバスルームでの発作と似たような状態に陥ることを、章介に打ち明けたことはなかった。だから、いま章介の目には、恵多がなかば行為を受け入れているように映っているに違いない。いや、それどころか悦《よろこ》んでいると思われても仕方ない。

「もう濡れまくりか」

下着の前に手を置きながら、章介が指摘する。

置かれた手が指を折り、性器のかたちと角度とを恵多自身に教える。キスだけで、これ以上ないほどに腫れきってしまっていた。

「すごいな」

根元から先端までを何度も手の筒で締めながら、章介が呟く。簡単に射精させられそうな予感に腰の奥がわななく。しかし茎から手が離れて、代わりにシャツの裾を胸のうえまで捲り上げられた。いまだに鞄を斜めがけにしたままだった。

「こっちも、尖りまくってるな」

胸の粒を親指で捏ねられれば、それだけで下着のなかで性器がしなる。懸命に声を搾り出す。

「ほん…、に、っ、ヤ――」

「恵多のここは小さいけど敏感だからな。指だと刺激が強いか？」

この三年間、バスルームで倒れるたびに恵多の身体を丁寧に拭いてきただけに、章介は弱点をよく知っている。

指が退いて安心する間もなく、章介の顔が右胸に押しつけられた。

「――え？　……ぁっ、あ」

乳首を舐められていた。ぬるつく舌に蕩かされた直後、甘く齧《かじ》られる。硬くした舌先で粒を忙しなく弾かれる。性器の疼きが怖いほどになり、腰がよじれていく。

「ケータ」

甘い音引きで、胸に名前を吹きかけられた。

視線を下げると、潤んだ唇に乳輪をやわらかく隠されるところだった。章介が上目遣いで見返してくる。

目が合ったまま、乳首をしゃぶられた。強く弱く吸い上げられていくうちに、腰がガクガク震えだす。堪えることなど、とてもできなかった。

「あ…」

縒れた腰がぶるりと震えた。

「あっ、ぁ――ん…っっ」

下着のなかが重ったるくてなまぬるい粘液で満ちていく。気持ち悪くて、気持ちよすぎて、まともに息ができない。

快楽が頭痛を呑みこみ、強張っていた身体が弛緩した。

濡れて性器に張りついている布地を剝がされる。下着を下ろされて、まだ勃起が治まりきらない白濁まみれのものを暴かれた。章介が脚のあいだに座ってくる。恵多の茎の根元を摑み、蹲るように上体を伏せた。

舌が大きく出され、茎に絡みついている精液をぬるりぬるりと掬っていく。残滓《ざんし》を吸い出すように、先端を啜られる。

丹念にペニスを口でいじられながら、臀部の底をまさぐられた。後孔を親指でくじられる。窄んでいる場所がわななかいて、男の太さのある親指を含んだ。

指先だけでぬぷぬぷと粘膜の浅い場所をほぐされていく。

二箇所を同時にいじられて、恵多はもう感じている快楽を掌握しきれなくなる。意識まで蕩かされて、次に我に返ったのは、両膝の裏に手を入れられたときだった。

腰が宙に浮き上がり、脚のあいだを天井に向けて剝き出しにされる。

さんざん指でいじられた窄まりに、章介の口が押しつけられたとき、恵多は不明瞭な悲鳴を上げた。

体内に唾液を流しこまれる。そうして濡らされた孔に、舌がぬうっとはいってきた。やわらかな肉が粘膜に詰まり、意外な強引さでくねる。強い鼻先が会陰《えいん》部にぐりぐりと沈んでくる。

「ひ…っ、く、ぅ……うー」

嗚咽が漏れるほどつらいのに——舌で埋められたそこが、もっと違うなにかを求めているみたいにピクピクする。喘ぐ粘膜から舌を引き抜かれた。

章介が乱れた手つきで、みずからのベルトを外し、スラックスの前を開く。ボクサータイプの下着の前が下ろされたとたん、太くて長い雄の器官が弾み出た。

……一緒に暮らしてきた血縁者のあからさますぎる肉欲を目の当たりにするのは、非現実的で、ショックだった。

その濡れそぼった深い色合いの先端が、自分の脚の狭間へと寄せられていくのを、恵多は見る。

——これ…は、ダメだ…絶対。

絶対にしてはいけないことだと、強烈に感じる。忘れかけていた頭痛が跳ね上がるように強まる。

近い血だからとか、男同士だからとか、そんな理屈では収まらない、罪悪感のようなものに心を食い荒らされる。

下拵《したごしら》えをされた後孔に、亀頭を忙しなく擦りつけられる。器官が嚙み合うようにくっつく。押し入ってこようとする男を、恵多は半泣きの目で必死に見上げる。

そして、同居したてのころにしか使わなかった呼び方をした。

「おじ…さん」

臀部の底にかけられていた圧力がわずかに退く。

「叔父さ、ん」

張り詰めた沈黙が落ちてから、濁った低い声で章介が呟く。

「ああ、そうだ。お前は、兄貴の子供だ」

いったん緩んだ脚の奥にかかる圧迫感がふたたび強まって、恵多は眸を震わせた。

「ごめんな、ケータ」

謝りながら章介がはいってきた。

すさまじい体積に、粘膜を抉じ開けられていく。

「っ、きつくて弾かれる…」

章介は自身の幹を摑むと、大きく張った先端を力ずくで押しこんだ。

「……ぁ、……」

内壁がぎっちりと伸びきって、嘘みたいに苦しい。後孔が壊れてしまいそうなのに、その苦しさがなぜか性器の根元をぞくぞくさせる。

宥《なだ》めるように腹部や腰を撫でられると、男を食べている場所が少しだけやわらいだ。

「そうだ……そのままな」

言いながら、章介が身体を進めてくる。粘膜を異物に潰されていくような感覚に、内壁が狭まる。これ以上は無理だとかすかに頭を横に振ると、章介が短く溜め息をついて腰を引いてくれた。抜かれていく感触もひどくなまなましい。

蕾《つぼみ》の内側に、亀頭の高い返しが引っかかる。

とにかく抜いてほしい一心で、恵多は懸命に後孔を緩めた。

繋がっている下肢を、焦点の合わない目で見詰めていた恵多は眉を歪めた。

「え…」

男の性器が、ふたたび開いた脚のあいだへと沈みだす。

「やっ——や…ぁ、あ、あ、あ」

抜いてもらうために緩めた孔を深くまで犯された。そのまま何度も突かれる。突かれるたびに声が出た。ひと突きごとに繋がりが増していくのがわかる。押し上げられる身体の、畳と接している素肌が擦れる。

肩を抱かれて、男を受け入れているときの泣き顔を、間近で見詰められた。

「うっ…う」

ようやく章介が動きを止めた。そうして、ゆっくり息を吐きながらもうひと押しをする。

「大丈夫だ。ちゃんと、できてる」

臀部に章介の下腹が密着していた。あれだけのものがすべて体内に収まっているのだ。号泣しているときみたいに、頭が内側から熱くて苦しい。

——してる……ショースケと。

根元まで埋めたまま、章介が腰を揺らめかせた。

粘膜の信じられないぐらい深い場所を、無残に拡張されているのを感じる。怖くて、尿道の口が開いてしまう。そこから大量のなまぬるい液体が溢れる。粗相をしてしまったのかと慌てて性器を見ると、透明な蜜がちょろちょろと溢れていた。……茎は腫れきって反り返っている。

肉体はこの行為が初めてではないことを露骨に物語っていた。

「動いても、大丈夫そうだな」

恵多のペニスを見た章介もまた、慣れていると判断したのだろう。

快楽を味わう、淫らな腰遣いを始める。

「ぅ……うっ……、ぅ」

涙が止まらないまま、恵多の身体はセックスに応えた。

大きく腰を遣われると、粘膜がざわめいて幹にまとわりつく。細かく突き上げられれば、なかが狭まって摩擦をきつくする。内壁は、激しく掻き混ぜられれば相手を愛撫するようにうねり、抜かれそうになるときつく締まって男を閉じこめようとする。

「あ、ぁ、ケータ……いい…上手、だ、——、っう」

また、甘い音引きで名前を呼ばれた。

章介の気持ちよくてたまらないらしい顔と声と動きがいやらしすぎて、眩暈がする。

同時に、セックスに慣れきっていると章介に受け取られているだろうことが、悲しくて仕方なかった。身体は男を知っていても、記憶のない自分にとって、これは初めての行為も同じなのだ。

身体中を這いまわっていた章介の手が、顔を撫でてくる。

火照る頬に涙を擂《す》りこまれた。

その頬にキスをされる。キスがゆるやかに耳へと流れ着いたとき、ふいに玄関ドアがノックされる音が響いた。

「恵多くーん」

女性の小さな拳が軽やかなノックを重ねる。

祐香だった。お好み焼きを作ってくれる約束だったことを思い出す。会社を定時に上がって訪ねてきてくれたのだろう。

緊張に締まった体内で、男の猛《たけ》りが無理やり動いた。

「……！」

腹側の粘膜の弱い場所を先端で捏ねられる。

「恵多くーん？　仲里恵多くーん」

祐香には、六時には家にいると言ってあったのだ。

困ったようなノックの音のたびに、体内に力が籠もる。そのせいで過敏な凝《こご》りに亀頭がめりこんでくる。肌が潤み、尻込みするように腰が引ける。身体中の筋肉が引き攣れたまま、恵多は呼吸を止める。

結合部分が互いに痙攣した。

……ドアの外で靴音がして、隣の部屋のドアが開く音がした瞬間、堪えていたものが一気に暴走した。声が出そうになって、唇を章介の頬に押し当てた。

下腹の茎がどろっと体液を放ったのとほとんど同時に、体内の凝りを熱い粘液に強打された。

腰を荒く震わせている章介に抱きすくめられ、耳元で訊かれる。

「わかるか？　出てる……ぁ…くっ」

放ったものを粘膜になすりつける動きとともに、章介は達しつづけた。

「――まだ…まだ出る」

終わったかと思うとまた腰を震わせて、長い時間をかけて恵多のなかへと精液をそそぎこんだ。

ようやくすべてを放ちきってから、章介は身体を繋げたまま、恵多を両腕で抱いて身体を横倒しにした。いまだに肩にかかっている鞄の肩紐が捻じれた。

腫れた唇を指先でいじられる。指が唇にすり替わり、髪を遊ぶように撫でられる。

章介にキスされながら、恵多は片目で庭に面した窓を見た。カーテンの合わせ目に十センチほどの隙間がある。もし誰かが庭を通ったら、明るい室内の様子は丸見えだろう。隣の祐香の部屋から、足音や水音が聞こえる。ほかの部屋の住人もぽつぽつ帰ってきているらしく、アパートのあちこちで生活音がする。

唇から唇を離して、章介がとろりとした目を眇めた。

「そんなにぎゅうぎゅう締めつけるな」

薄い壁ひとつで人と隔てられたところで、こんな行為をしている緊張感から、粘膜が勝手に締まってしまう。その刺激のせいなのか、わずかに緩んでいた章介のものがふたたび内壁を重苦しく引き伸ばしていた。

相変わらず力がはいりきらない身体でなんとか繋がりを抜こうと試みたが、章介が押し留めるように腰を抱いてきた。そして今度は恵多がうえになるかたちに身体を転がす。

肋骨《ろっこつ》のあたりを両手で摑まれて、身体を起こさせられる。章介の腰のうえに座る――騎乗位の姿勢を取らされた。鞄の重みで身体が右に傾ぐ。

下から章介が腰を遣いだす。肌と肌がぶつかる音がやけに大きく響いた。鞄の中身が跳ねてカタカタと鳴る。

「あ…っ、あぁ！」

高くて甘ったるい声を上げてしまった。いまの声は絶対に隣の部屋に聞こえたはずだ。

痺れた重い手をなんとか上げて自分の口を塞ごうとすると、両手首を章介に握られた。

「いい。アパート中の奴らに聞かせてやれ」

その言葉に、恵多はようやっと、この行為の意図を理解する。

あられもないよがり声を住人たちに聞かせて、アパートにいられなくさせる気なのだ。

そうして、家に戻らせるつもりなのだ。

要するにこれもまた、恵多を支配するための行為にすぎなかったわけだ。

深い失望感を味わいながらも、ねっとりとした腰遣いで攻めたてられれば喘ぎ声が止まらなくなる。

どんどん追い詰められて、なにも考えられなくなっていき……気がついたときには、章介の腰の動きに合わせて腰を弾ませていた。麻痺の拘束を凌駕《りょうが》した本能的な動きで、会陰部や双玉を男の下腹にしきりに擦りつけている。根元から揺れる反り返ったペニスが白濁混じりの蜜を散らしていく。

いまにも叫び声を上げてしまいそうで。

その声を潰したくて、恵多は上体を伏せ、恨めしい相手の唇に唇を押しつけた。叫びを小刻みに吸い取られながら、下肢で激しく交わりつづける。恵多の手首を摑んでいる章介の手の力がグ…グッと増した。

下から深々とはいりこんだものの二度目の吐精を、喘ぐ粘膜で貪欲に受け取った。

カーテンの隙間はすっかり暗くなっていた。

窓の向こうの雨粒が葉を打つパタタ…という音と、薄い壁の向こうのお笑い番組らしきテレビの音声とが、互いを不明瞭に潰し合っている。

恵多は鞄を腹部にかかえこんで、横倒しの身体を丸めていた。シャツの裾は下ろしたけれども、下半身は裸のままだ。

頭を撫でてこようとする手から、さらに身体を丸めて逃れる。

「ケータ」

甘く呼びかけてくる声に、掠れた声を被せる。

「俺は、帰んないから」

「………。どうしても、帰らない気か？」

「帰らない」

帰れない。

こんなわけのわからない心と身体と関係で、帰れるはずがない。

きっと、もう二度と帰れないのだろう。章介とどうでもいい会話をできる日常には、もう戻れない。

いろんなものをなくしてしまった。壊してしまった。

いっそ、章介を好きでたまらない気持ちも壊れてしまえばいい。

それとも、時間が戻ればいいのだろうか。章介と出逢う前の、父が亡くなる前まで。

「——父さん…」

震える声で、呟く。

「なんで死んじゃったんだよ……もう、ヤだよ」

父がいなくなってしまったことをここまで心細く感じるのは、初めてだったかもしれない。父を喪ったばかりのころは章介がぴったりと寄り添ってくれていたから、心が崩れずにすんだ。でもいま、その章介との関係までも喪ってしまった。

かかえている鞄の布地に指を食いこませる。そして章介に訴えた。

「帰らない……これ以上、苦しみたくない。わかってよ——叔父さん」

ショースケと呼べなくなってしまった。

背後で重い溜め息が聞こえた。立ち上がった章介は、マットレスのうえの毛布を拡げて、恵多の身体にそっとかけた。

毛布越しにそろりと肩に触れてから、章介は赤外線ストーブを点け、部屋を出て行った。

鞄をきつくきつく抱き締める。そうしていないと、核を失った細胞みたいに、ぐずぐずに崩れてしまいそうだった。

そうして自分を掻き集めて、どれぐらいのあいだ、じっとしていただろうか。

カツン…。くぐもった雨の音のなか、鮮明な金属音が玄関のほうから響いた。

毛布を被って鞄をかかえたまま立ち上がる。激しい性交の名残《なごり》に下半身が重くて、水のなかを歩くみたいにのろのろとしか歩けない。

玄関ドアの前にしゃがんで、ドアの下部にあるポストを検める。

鍵がはいっていた。この部屋の鍵だ。

どうして、これがいまポストに落とされたのか。

この鍵を使ってドアを開けた直後に章介が現れたから、たぶん鍵は玄関あたりに落ちていたはずだ。章介はそれを拾って出て行き、一時間ほどたったいま、ポストに戻したのだろう。

――合鍵、作られた？

「……」

恵多はハッと顔を上げた。ドアを透かし見るように目を細める。

人の気配があるような気がして。

息をひそめて、じっと身を固める。降りしきる雨の音を消しそうなほど、心臓がゴトゴトと音を高めていく。高まりが耐えられないほどになったその時、ドアが叩かれた。

ノックではない。拳で壁を殴るような、そんな強くて短い音だった。

続いて、靴音が起こる。引きずるような足取りが遠退いていく。

恵多は耳をそばだてて、去っていく章介を追う。彼の気配が、雨の幕に包まれて薄らぎ、やがて消えた。

8

「どうしたんだい？　元気がないね」

甘いかたちの目がすぐ近くで、心配そうな瞬きをする。

須藤とのキスの最中に、ぼんやりしてしまっていたらしい。いつの間にか、口のなかから舌が抜けていた。唾液に濡れそぼった唇を、親指で優しく拭われる。

須藤のマンションの地下駐車場に停められた車のなかでのキスだった。

今日は恵多が彼の家で手料理を作ったのだ。そしていまからアパートまで送ってもらうことになっている。

ひとり暮らしを始めてから、須藤とは週に二回は会って食事をしている。一回外食したら、次の一回は恵多が食材を買って行って須藤の家で料理をする。

初回の創作和食もそうだったが、須藤の行きつけの店はどこも高額で、とてもではないが恵多は割り勘で払うことができない。須藤は気にしなくていいと言うがそういうわけにはいかないので、妥協案として一食奢ってもらう代わりに、恵多があまり上等でない手料理を一食作る、ということになったのだった。

須藤の話によると高校生のころのデートではどうやら一方的に奢られていたようで、そんな自分をちょっと嫌だと思った。

ボンネットの先にスターエンブレムをつけたセダン車で、アパートに迎えにこられるのも落ち着かない。車も高級なら運転している男も高級だから、祐香をはじめとする住人たちは興味津々《しんしん》といったふうだ。

須藤とは会うたびにキスをする。

初めのうちはキスすることで失っている記憶が甦るかもしれないという下心があったが、いまだになにも思い出せず、恋人だったのだという実感も湧いてこない。

それに実感が湧いたからといって、昔の関係に戻れるものなのか。

――そもそも、須藤さんと恋人になりたいのか？

それすらもよくわからないし、どうでもいいことのように思われた。

なんだか感情が全般的に麻痺しているような変な感じだった。

それは就職活動についても同じで、以前ならちょっとした情報で落ちこんでいたのに、いまは淡々としている。ありがたいことに売り手市場だから、仕事内容や職種を妥協すれば、来年のいまごろはどこかに決まっているだろう。

実際、話を聞きに行ったデザイン会社の営業職では、いい反応が返ってきた。

クリエイターとしても社長としても能力の高い章介から離れたことで、身の程がわかってきたのかもしれない。

章介のことを考えたとたん、心臓が重たく痛んだ。

……あのアパートに押し入られたとき以来、章介は訪ねてきていない。

知らず、溜め息をついてしまうと、須藤に訊かれた。

「就職活動のことが気がかりなのかな？」

そういうわけでもないが曖昧に頷いておくと、須藤が肩を抱いてきた。

「恵多くんにぴったりの企業があるんだ。デザイナー採用でね」

「え…？」

「もし君のお父さんが生きていたら、就職活動でいらない苦労をさせたりしなかっただろう。私がお父さんの代わりに、少し口利きをするだけのことだよ」

須藤が微笑んで、ふたたび唇を重ねてくる。

ふいに苦い声が耳の奥で響いた。

『なんでも簡単に答えをもらって安心したいだけだろ』

『頼むから、もっとしっかりしてくれ』

このまま須藤に甘えてしまえば楽になれるという安易な考えを、章介に責められる。

また、キスをしながらぼんやりしてしまっていた。応えない舌に焦れたのか、須藤が急に助手席に覆い被さるようにしてきた。ジーンズの腿を掌が這う。内腿を撫で上げられた瞬間、頭の芯に痛みが生まれた。

「ん…んっ」

このまま頭痛を起こして動けなくなったら、章介のときみたいに勘違いされてセックスまでしてしまうかもしれない。高校生のころすでに須藤に抱かれていたからといって、いまそういう関係になってもいいとは思えていない。

ここで拒んだらデザイナー枠の口利きはなくなるかもしれないという考えが一瞬、頭をよぎったが、それこそセックスで縁故を確保するようなことはしたくなかった。

「すみ、ませんっ」

須藤を突き飛ばすと、恵多は車から飛び出した。

発作に追いつかれないように走る。最寄り駅に着くころにはなんとか逃げ遂《おお》せていた。幸い、電車はまだある時間だったから、そのままアパートへの帰路につく。

アパートの部屋にはいり、ドアチェーンをかける。スニーカーも脱がずに上がり框に腰を下ろし、背を丸めて膝に額を押しつける。

ひとり暮らしをして、須藤と頻繁《ひんぱん》に会って、章介から離れようとしてきた。けれども結局のところ、自分は章介からまったく離れられていないのだ。気持ちは一瞬で、章介へと戻ってしまう。

スニーカーを脱いで重い腰を上げる。

無性に喉が渇《かわ》いていた。

――ビール、飲も…。

ひとり暮らしを始めてから大きく変わったのは、ビールを切らさないようになったことだ。いつでも冷蔵庫のなかには缶ビールがずらりと並んでいる。

酒自体は特に美味しいともまずいとも思わないが、アルコールを入れればつらいことが軽くなって、気持ちが楽になる。

父の気持ちが、いまはよくわかる。

そんなことを考えながら小ぶりな冷蔵庫を開けた恵多は、目を見開いた。

「ない……？」

ビールがないのだ。一本もない。

でもそんなはずはないから、冷蔵庫の扉をいったん閉めた。そうしてひとつ呼吸してから、用心深く開けなおす。

やはり、ビールはなくなっている。

「なんだよ、どういうことだよ」

バンッと思いきり扉を開ききる。ひんやりした空気が拡がる。

驚きとイラつきの混ざった視線で、冷蔵庫のなかを睨《ね》めまわした。はいっているのは、マヨネーズとケチャップとバターとイチゴジャムの瓶《びん》ぐらいのものだ。

「ん…？」

白いレジ袋がはいっているのに気がつく。それを摑み出して確かめると、見覚えのある精肉店の包装紙がなかから出てきた。

「……」

眉根を寄せて、恵多は包装紙を開いた。

「なんで——肉？」

大きくて厚みのある、血が滴《したた》りそうなステーキ肉。それが一枚だけはいっていた。

この精肉店は、実家の傍の商店街にある。

年に数回、誕生日だとかクリスマスだとか恵多が落ちこんで元気がないときだとかに、章介はそこでステーキ肉を買ってきてくれた。肉を焼くのも、つけ合わせを作るのも、恵多だったけれども。

——今日、ここに来たんだ。

合鍵を使ってはいったのだろう。

忍びこんだ章介は、冷蔵庫を開けて並んでいる缶ビールを見て呆れたことだろう。文句を言いながらすべての缶を回収し、持ってきたステーキ肉をちょっと乱暴な手つきで冷蔵庫に突っこむ。その一挙手一投足が目に見えるようだった。それがあまりにも「ショースケ」らしくて。

笑いに鳩尾が震えた。

肉の包装紙がパタッと音をたてる。雨粒が葉っぱを叩くときの音に似たパタタ…という音が続く。見れば、本当に雨が降ったみたいに包装紙が濡れていた。雫《しずく》が自分の顎から落ちていることに気づく。

顎に触れてみる。頬に触れてみる。指がびしょ濡れになった。

「そっ…か」

笑いだと思った鳩尾の震えは、嗚咽だったらしい。

もう元に戻れないのに、章介に会いたくて仕方なかった。

「もしかして恵多くんて、男ったらし？」

日曜夕方のベーカリーで一緒になった祐香がアパートへの帰り道、真顔でそう訊いてきた。

「……なんで、男対象」

そう呟いてから、章介に抱かれたときの声を、たぶん彼女に聞かれただろうことを思い出して、恵多の首筋は熱さと冷たさを同時に覚える。

「だって、車でよく送り迎えしてくれる美形の須藤さんがいるのに、合鍵使って通ってきてる人もかなり格好よくない？　ひとり占めはズルいと思う」

ステーキ肉から始まって、ここのところ毎日、帰宅すると冷蔵庫に恵多の好物の総菜などがはいっているのだ。そして、買い置きの缶ビールはかならず姿を消している。章介に回収されるのをわかりながら、恵多もなかばムキになって毎日新しい缶ビールを入れていた。

「ひとり占めって……祐香さん、須藤さんがど真ん中のタイプだって言ってたじゃんか」

「須藤さんもいいけど、男としての魅力は通い妻のほうかも」

「あんなデカい妻いらね」

祐香から非難の眼差しを向けられた。

「あの人、もしかして毎日来てない？　けっこう何回もすれ違ったよ。昨日も見かけたし。逆に須藤さんは先週は見なかった気がする」

ここ一週間ほど、恵多は就職活動絡みの用がない限り、夜は出歩いていなかった。須藤から謝罪のメールが来て、それに返信はしたものの、会ってはいない。彼には恋人だったころの記憶があるのだから身体を求めようとしたのも不思議ではない。

ただ、自分自身に対して、うんざりしていた。

昔の恋人だった須藤に甘えてデートらしきことを繰り返して、記憶を取り戻すために、章介を忘れるために、彼を利用しようとしてきたのだ。

でも結局、いまの自分は昔の自分ではない。昔の自分がどんなに須藤のことを好きだったか知らないけれども、いまの自分は彼に対して気持ちが動かない。キスをされても、同性とキスする違和感が消えない。

だからもう須藤に迷惑をかけてはいけないと思う。

アパートに帰ってから冷蔵庫のなかをチェックすると、昨夜入れた缶ビール二本がそのままはいっていた。どうやら今日、章介は来なかったらしい。そのことを寂しいと思ってしまう前に冷蔵庫の扉を閉める。

買ってきたパンを食べていると、玄関のほうから音がした。

カチリと鍵が開けられる音がして、それからドアチェーンが引っ張られてガシャンと鳴る音が響いた。

章介が来たのだ。

在宅中に彼が合鍵を使って訪れるのは初めてのことで、恵多は喉元まで心臓がせり上がるような緊張感に身を固くした。

ドアチェーンが幾度か鳴って、章介が呼びかけてきた。

「ケータ、いるんだろ、ケータ」

甘い音引きで名前を呼ぶのが、ずるい。

恵多は食べかけのパンを座卓に置くと、厳しい顔で立ち上がった。玄関に向かう。ドアチェーンの長さぶんの隙間から、章介がこちらを見る。

視線が合っただけで、心が折れそうになった。

それをなんとか踏みとどまって、恵多は冷たい声と視線を章介に向けた。

「帰ってよ、叔父さん」

そうしてドアノブを摑んで、ドアを閉め、鍵をかける。

章介はもう鍵は使わずに、十分ほどもドアの向こう側にいた。そして、引きずるような足取りで去っていった。

その日を境に、恵多がアパートにいるときも、章介は部屋を訪ねてくるようになった。合鍵を使い、ドアチェーンに阻まれ、隙間越しに視線を交わし、恵多がドアを閉めてしばらくしてから立ち去る。

十分ほどのあいだ、恵多は章介のことだけをひたすら考える。

とても苦しくて、とても甘やかな時間だった。


ぐったりと疲れていた。革靴を脱いで部屋に上がるなり、ばったりと板敷きの廊下に倒れこむ。そのまましばらくダウンしたのちに、四つん這いで畳の部屋に移動する。皺になってしまうと思いつつリクルートスーツを脱ぐ気力が湧かない。

今日、採用試験を受けた。

実技試験とグループディスカッション方式の面接と、あわせて五時間ほども拘束された。それでも手応えがあったならここまで消耗《しょうもう》しなかったのだろうが、面接はこれまででも指折りの情けない出来だった。

いくら売り手市場とはいえ、広告系デザイナーはさすがに倍率が非常に高く、自己アピールがうまい個性的な志望者が多い。完全に押し負かされた。実技試験のほうはそれなりに自信があるだけに口惜しい。

三月にはいって企業の本格的な採用活動が解禁になったが、すでに内定や内々定を手にして就職活動戦線から離脱する者が出ているのが現状だ。特にデザイナー関係は青田買いが盛んだ。じっくり腰を据えてと思いながらも、気持ちは焦る。

いつの間にか携帯電話を手にして、須藤の番号を呼び出していた。

——いいデザイナー職があるって、言ってたっけ…。

すんでのところで我に返り、慌てて携帯電話を手放した。

「いい加減にしろよ、俺」

自己嫌悪に陥る。

就職活動に専念したいからしばらく会うのをやめたい、と須藤にメールで告げたのは恵多のほうだった。それなのに面接で失敗したからといって、図々しく須藤に連絡を取ろうとしたのだ。

「頭冷やそ…」

ようやっとスーツを脱いでハンガーにかけた。ネクタイを毟《むし》り取り、着慣れないワイシャツを脱ぐ。下着は廊下に脱ぎ捨てて、ユニットバスにはいる。

ひとり暮らしをするまではずっと実家のゆったりしたバスルームを使っていたから、このコンパクトな浴室をうまく使えるようになるには少し時間がかかった。あたりに湯や泡を飛ばさずにシャワーカーテンで仕切られたバスタブで身体や頭を洗えるようになったのは、最近のことだ。

水温を低くして、シャワーを出す。文字どおり頭を冷やしてから、湯に切り換えようとしたときだった。

頭蓋骨がぎしりと軋んだ。

とっさに片手を壁について、もう片方の手で側頭部を押さえる。

「………、あ」

瞬く間に、強烈な不安感に支配され、頭痛が襲いかかってくる。

立っていられなくて、冷水が跳ねるバスタブの底にずるりと身体が崩れていく。

ひとり暮らしを始めてから発作が起こらなくなっていたから、完全に不意打ちだった。

頭を両腕でかかえて呻《うめ》く。身体が横倒しになり、バスタブの底で丸まる。

あまりの痛みに浅い呼吸しかできない。その呼吸すら寒さで身体中がガタガタ震えて、うまくできない……久しぶりの発作のせいか、頭痛はこれまでにないほど激しかった。

身体はすでに麻痺していて、もう自力でバスタブから這い出ることはできそうにない。

助けてくれる人はいないから、麻痺が解けるまでこのままでいるしかない。

――二、三時間だから…。

しかし三月とはいえ数日前には雪が降ったほど冷えこんでいる。冷水をそれだけの時間浴びつづけることに身体は耐えられるのだろうか？

それ以前に、これまでにないレベルの頭痛は、本当にいつもどおりの時間で去ってくれるのだろうか？

このままずっと動けなかったら、どうなるのだろう？

――そっか……これが、独りってことなんだ。

この先、なにかあるたびにこの想いを味わうことになるのだろう。

もうきっと章介を好きになったみたいに誰かを好きになることはない。単なる思いこみではなく、確信をもってそう感じている。

ほかの誰とつき合っても、須藤との関係の繰り返しにしかならないのだろう。それならば、独りでいるべきだと思う。自分自身を嫌いにならないためにも、相手のためにも。

ガシャン…ッ。

耳を埋める水音の向こうから、硬い音が響いた。

反射的に心臓が震えた。

──章介。

心のなかで呼ぶときでも「ショースケ」と甘く音を引くことを禁じているその相手が、いま、すぐ傍にいる。

浴室は外通路に面していて、壁を挟んで玄関のすぐ横にバスタブがある配置だ。もし立ち上がることができて磨りガラスの小窓を開けたら、そこに立っている章介を見られるはずだ。いまでも、声を上げたら異変に気づいてもらえる。

でも、章介に助けを求めることはできない。

ひたすら重い痛みを呑みこんでいく。

──早く、行ってくれよ……頼むから。

出せない呻き声が喉に詰まって、窒息してしまいそうだった。

何度かドアチェーンが引っ張られる音がしてから、ドアを閉められる音がした。靴音が

遠ざかる。

「う…」

押し潰した声が反響した。

「うう、ううぅぅ」

このまま頭が壊れても、凍死してもかまわない。

こんなに苦しいのなら、いっそ消してしまいたい。かつての須藤との恋愛関係を忘れてしまったみたいに、仲里章介との三年間の記憶をごっそり消してしまいたい。

──……また頭を打ったら、忘れられたりしないかな？

もしこの発作を乗り越えることができたら、試してみようかと思う。そのぐらいしか、この先に見える光がなかった。

「ぐ、っ」

──でも、ちょっと本気で、乗り越えられない、かも。

脳が破裂しそうになる。すさまじい痛みに背骨が白く焦げた。甲高い衝撃音が聞こえる。

自分の頭蓋骨が砕けた音だと思う…………。


「……ぅ」

目を覚ますと、恵多はバスタブのなかではなく、畳にじか置きしたマットレスのうえに横になっていた。髪は少し湿っているけれども肌は乾いていて、家着を着ている。

暗い部屋のなか、赤外線ストーブがジジ…とオレンジ色の光を放つ。その頼りない光に照らされている大きな身体を見つけて、恵多は目を見開く。

――…なんで、章介が…？

ドアチェーンは確かにかかっていたはずだ。混乱しながら、章介が見ているほうを見やる。カーテンを開かれた窓の片面には、薄っぺらい月が貼りついていた。もう一方の窓の大部分はなにかに塞がれている……平面に開かれたダンボール箱のようだ。それがガムテープで留めてある。

その窓のほうから凍《い》てつく風が細く吹きこんできていた。どうやらダンボールの下のガラスは割れているらしい。

バスタブの底で気を失う瞬間、甲高い衝撃音を聞いたことを思い出す。

あれは章介が窓ガラスを割る音だったのだ。

おそらく呻き声を耳にした章介は、恵多が発作を起こしていることに気づき、庭に回りこんで壊した窓から室内にはいったのだろう。

改めて、章介へと視線を向ける。

オレンジ色の光を薄っすらと受けながら、なかば闇に埋もれかかって月を見上げる横顔。

なぜか急に目の奥が熱くなった。もしあと数秒、章介がこちらに視線を向けてくるのが遅かったら、涙を零してしまっていただろう。

「もう発作は起こさないんじゃなかったのか？」

嫌味でも、からかうでもない声音で訊かれた。

「――今日まで起こんなかった」

目の奥に熱を押しこめて、ぼそぼそと答える。

「本当か？」

「本当でも嘘でも、叔父さんには関係ない」

叔父さん、という言葉の輪郭をくっきりとさせると、章介が目を眇めて視線を外した。

「……お前は……」

詰るような低い声が途切れて、その続きはなかった。

章介が乱暴な手つきで、作りの大きい顔のパーツを掻き混ぜるような仕種をする。そして自身の前髪をぐっと摑む。俯きぎみの横顔は闇に削られて、表情が見えない。

――こんなふうに、本当の顔はずっと隠してきたんだよな。

章介を憎らしく思うのと同時に、それにまったく気づかなかった自分に対しても惨《みじ》めな不信感が募る。

「叔父さんはさ」

恵多はシーツに片頬を埋めたまま、九十度ズレた世界にいる章介に冷たい声で尋ねた。

「父さんの会社とか遺産とか目当てで、俺のこと都合よく利用するために、三年間、一緒にいたんだよな？」

答えるつもりがないのかと思ったころ、「ああ」という短い答えが返ってきた。

わかっていた答えなのに、目の奥がグンと痛くなる。

「……セックスしたけど、俺のこと好きなわけじゃないんだよな？」

今度も長い沈黙ののち、「ああ」と肯定が返ってきた。

なんとか堰き止めていた目の奥の熱が、涙になって溢れた。

これ以上、なにも聞きたくない。知りたくない。

「それじゃあさ」

毛布を頭まで被る。

「もう俺の前に現れんなよ。すげぇ気分悪いから」

長い長い沈黙に負けたのは恵多のほうだった。

「あんたに二度と触られたくないッ」

男の立ち上がる動作に、畳が軋んだ。

「それでいい」

低い呟きが毛布のなかに落ちてくる。

畳が軋み、床板が軋み、ドアチェーンが硬い音で外される。玄関ドアが、章介とのあいだを隔てる。合鍵で鍵が閉められる。

心臓の痛みが、背中まで突き抜ける。

「それでいい、って、なんだよ」

それでいいならどうして、毎日のように通ってきたのか。
どうしてガラスまで割って、助けてくれたのか。
――好きでもないくせに……俺のこと利用してただけだったくせに。
どうして、もっと簡単に諦めさせてくれなかったのだろう。

9

落ちたと思った一次試験に意外にも通り、二次面接試験を受けた帰り道、携帯電話が鳴った。メールをチェックすると、須藤からだった。今晩九時に恵多のアパートに来るという。

須藤との関係は半端なかたちで投げ出してあった。きちんと話して、けじめをつけるべきだろう。

その晩、時間ぴったりに須藤がアパートを訪ねてきた。

彼が部屋にまではいるのは初めてで、予想以上に質素な暮らしぶりだったらしく、憂《うれ》うような目で見られてしまった。

「あの、コーヒーでいいですか？　インスタントしかありませんけど」

「いらないよ。すぐに出る」

「そうですか」

須藤がどういう目的で来たのかわからないが、恵多は話を切りだそうとした。

「俺、須藤さんに話さないといけないことがあって…」

しかし、それを遮るように須藤が言った。

「とりあえず必要な荷物だけ持って行こう」

「荷物を持って行くって…？」

「今日から私のところで暮らすんだ。ストーカーにつきまとわれていて、窓ガラスを壊されたり、鍵を取り換えたりしたそうじゃないか」

恵多は顔色を変えた。

「そんなこと、誰が」

「ここの管理人に、なにかあったらかならず報告するようにと言っておいた」

驚きが、監視されていたという腹立ちへと変わる。

「ここは俺が借りたアパートで、ちゃんとひとりでやっていけてます。だから、須藤さんのところには行きません」

須藤が苦笑を浮かべた。恵多の前に立ち、そっと両肩に手を置いてくる。

「恵多くん、忘れていないかい？　ここを借りる契約書の保証人欄にサインしたのは、私なんだよ。でも、このままだと保証しきれない」

「……」

「私は君のお父さんの友人としても、君の恋人としても、力になりたいんだ」

「――その話をしたかったんです。いまの俺は、須藤さんの恋人にはなれません」

はっきりとした声でそう伝えたが、須藤は微笑を浮かべて訊いてきた。

「君は恋人でもない相手に手料理を食べさせたり、キスをしたりするのかい？」

「それは……」

須藤の手が肩から背中へと滑って、抱き締められた。もがくけれども抵抗を抑えこまれる。

「少し関係を急いでしまったのは、本当にすまなかった。君の嫌がることはしないと約束する。大丈夫だよ。私に任せておけば、すべてがうまくいく」

「でも……っ」

同じ間違いは繰り返したくない。

「何回も会ってみて、わかったんです。俺はきっと、須藤さんと昔みたいな関係には戻れません――だから、もう俺のことは」

「そういうわけにはいかない」

抗《あらが》いの動作も言葉も、やんわりと潰されていく。

「どうしても恋人に戻れないなら、それでもかまわない。でも、君をみすみすあいつの餌《え》食《じき》にはできない」

「あいつって」

「管理人から、ここを頻繁に訪ねてくる男の特徴を聞いたよ。窓ガラスを割ったのも同じ男だったらしいね」

――章介……。

「お父さんを喪って心細いときにつけこまれて、三年も一緒に暮らしたんだ。君があいつに弱いのも無理はない。でも、それではいけないんだ。君はきちんとあいつと離れないといけない。そのために、私のところに来るんだ」

須藤の言葉は、正しいのだろう。

絶対に須藤のマンションに行かないと思っていた気持ちが、ぐらついた。

鍵を換えてから一度だけ章介はここに来た。鍵が合わないことに気づき、引きずる足取りで帰って行った。それ以降、章介は来ていない。

それなのに、気持ちは少しも楽にならない。

畳を見れば、雨の日に抱かれたことを思い出す。ドアチェーンを見れば、拒んだ日々を思い出す。窓を見れば、冷たいシャワーから助け出してくれたことを思い出す。赤外線ストーブのオレンジ色の光を見れば、闇のなかで俯く章介の姿が甦ってくる。

このアパートの部屋は、章介との記憶が膜を張っている。

ひとりでいると、その膜がねっとりと肌にへばりついて、締めつけてくる。鼻や口まで覆われて、窒息してしまいそうになる。

「君が私の保護下にはいらないなら、仲里章介にストーカー規正法を適用せざるを得ない」

恵多は眉根をきつく寄せて間近にある須藤の顔を見上げた。

「ストーカー規正法って…」

ニュースなどで聞いたことはあるが、詳しいことはよくわからない。

ただ、章介が犯罪者的なレッテルを貼られてしまうのはわかった。

須藤は弁護士だから、その気になれば早速手続きをおこなうに違いない。

「そ、そんなのは、しなくていいですっ。そういうのじゃありませんから」

「君は冷静に考えられないだろうが、管理人の話からすると充分に案件として成立させられる」

「――違うから、本当に」

焦りに声が掠れる。

須藤が気遣う表情で追い詰めてくる。

「規正法を適用されたくないのなら、私のところに来るね？」

「……」

頷くしかなかった。

須藤が耳に口を寄せてきて、囁く。

「それでいい。もう心配しなくていいよ。今度こそ仲里章介から君を守る。あの男は君を不幸にするだけの存在だからね」

違うと言いたいけれども、言えなかった。

なんだか、ひどく疲れてしまっていた。

章介のことを考えつづけることに、疲弊《ひへい》しきっていた。

「ナベの就活終了を祝してー」

恵多の手にした缶に、渡辺が思いっきり缶をぶつけてきた。なかのビールが飲み口から飛び散る。

渡辺のひとり暮らしのアパートで、ふたりきりの内定祝いだ。明日、仲間内で盛大にやることになっているが、親友のよしみで内定の出た当日に祝ってやることにしたのだった。

ローテーブルのうえにはアルコールの缶や瓶、コンビニ惣菜がぎっしり載っている。

それにしても、相変わらず散らかった部屋だ。八畳のフローリングにロフトつきだから、それなりに空間はあるのに、やたらとものが多くてごっちゃりしている。それを指摘するといつも「アットホームでいいだろ」という答えが返ってくる。

「社畜デビューまで一年、遊びきるぞーっ」

解放感溢れる顔をしている友達の横で、恵多は口を尖らせる。

「こっちはまだ社畜にしてくれるとこも決まってないんだけど」

「だって俺、バイトしてたところにしちゃったからさ。ケータはどんな感じよ？」

「二次とか最終までは行くけど、最後はお祈りメール」

「あれ、盛大に心が折れるよな」

『貴殿の今後のご活躍をお祈り申し上げます』とか『ご活躍される場所が見つかりますよう、心よりお祈りいたします』といったお約束の末尾コメントが書かれた不採用通知を、これから何通見ることになるのだろう。

「やっぱ素直に叔父さんとこにすれば？」

「だから、それは絶対にナシだって」

それどころか、章介とはこのまま縁が切れてしまいかねない状況だ。

「コネはヤダとかガキくせー」

渡辺の声が尖る。

もし父親が生きていて、そのコネクションだったら、案外抵抗もなく使っていたと思う。それこそ、コネも実力のうちだ。

けれども、たとえば須藤が持ちかける縁故には、どうしても乗る気になれない。アパートの保証人の件で思い知ったが、安易に他人の力を借りれば、その相手に拘束されることになりかねない。

――……だけど、章介は身勝手だよな。

恵多の就職活動については「頼むから、もっとしっかりしてくれ」などと言って突き放した態度を取りながら、自身は体よく兄の遺した会社の社長に収まったのだ。その姿勢に難色を示した須藤を退けてまで、社長の椅子に拘った。

聞きたくなかったけれども、須藤のマンションに移ってから、その時の経緯を詳しく説明された。須藤と親しくしていた副社長も、章介によって辞めさせられたのだという。

この十日間、章介についてのその手のエピソードをいくつも聞かされた。

エピソードを聞かされるごとに、恵多のなかの仲里章介は歪み、狡猾で横暴な見覚えのない男になっていった。

しかし実際、それが章介という人間なのだろう。

利害関係のために、好きでもない血の繋がった甥を抱けるような男なのだから。

「そういえば、昨日、ケータの叔父さんから電話あった」

思わず身体がビクッとする。

「……なんで、ナベに電話？」

「なんでって、ケータが元気にしてるかとか、質問攻め。ひとり暮らし始めたかと思ったら、今度は親父さんの知り合いん家に居候《いそうろう》だっけか。要するに叔父さんと喧嘩《けんか》しつづけてるってことだよな？　アパートに引っ越すときも今回も、叔父さんから連絡あっても絶対に引っ越し先教えるなって言ってたし」

「……」

「叔父さん、あんなにケータのこと大好きなのに、かわいそーじゃん」

詰られて、恵多は顔をしかめる。

「ナベはなんにもわかってないだろ」

すると、ムキになったように渡辺が言い返してきた。

「免許の合宿のアレとか、合コン乱入とか、ケータが叔父さんにさんざん過保護にされまくってきたのは、よーく知ってるけどな」

「だから、それは……裏があって」

「裏ぁ？　あれを裏ありなんて思うとか、ケータの目はデカいだけで飾りかよ」

「でも、本当に――酷い話を、いろいろ聞かされたし」

渡辺が缶チューハイを一気飲みして、怒った顔をする。

「酷い話がなんなのか知らねーけど、俺はこの目で見た叔父さんのほうを信じるね」

完全に章介の肩を持っている渡辺とは、話が通じようがない。

そのことを腹立たしく思いながらも、頭の隅で小さな違和感が生まれていた。

須藤は、章介が財産目当てで恵多を利用したのだと言っていた。

そして章介もまた、そのことを否定しなかった。

――でも、利用してきて、まだ利用する必要があるなら、そこは否定するもんじゃないのか？　もう利用し終わってるなら、俺のこと気にかける必要なんてないし……。

ぐるぐると考えこみながら、つい飲みすぎたらしい。

気がつくと渡辺はベッドで鼾《いびき》をかいていて、恵多もビーズクッションに埋もれていた。

終電の時間はとっくに過ぎていた。

渡辺の家に泊まるという連絡を須藤に入れたら、ちょうど車で自宅に向かっているところだから拾いに行くと言われてしまった。

ほどなくして、ボンネットの鼻先にスターエンブレムをつけた車が迎えにきた。助手席に乗りこむと、須藤が苦笑した。

「アルコール好きは、お父さんの遺伝なのかな」

「……。ちょっと就活絡みで。友達の」

友達の内定祝いを、と言おうとしたのに、言葉を被せられる。

「だから、私が就職先を紹介すると言ってるだろう。君がいらない苦労をするのを見ているのは、とてもつらいんだ」

とてもつらいと言いながら、無駄なことをする子供を嗜《たしな》めるような口調だ。

章介のガキ扱いとは、似ているけれども全然違う。

――高校生の俺って、この人のどこが好きだったんだろ？

十日のあいだ寝食をともにして、須藤栄二という人間を知っていくにつれて、奇妙に感じるようになっていた。たしかに容姿は整っている。所作もいちいちサマになる。でも、それだけだった。一緒にいても会話をしても、彼に特別な魅力を感じることはない。

――俺の趣味が変わったってことなのかな…。

納得のいかない気持ち悪さが、今夜も嵩《かさ》んでいく。

「それと恵多くん、このあいだから言ってる例のことなんだが」

運転席へと乗り気でない眼差しを向けて、恵多は答える。

「あのことは、……俺は本当に興味ないですから」

そう答えたとたん、急に車がスピードを上げた。須藤がアクセルを踏みこんだのだ。

「興味がないですませられる問題じゃないだろう」

また、大人が子供を嗜める言い方だ。

「君の財産なんだ。どうなっているのか確認して管理するのは、当然のことだよ。いや、むしろ義務だ」

父が恵多に遺した財産の大方は、叔父である章介が管理している。当時、高校三年だった恵多には資産管理ができなかったからだ。

章介が財産の使いこみをしている可能性が高いから、それを把握すべきだと須藤は言うのだ。それは正論なのだろうけれども、正直、どうでもよかった。

いま手元にある自分名義の預金を使い、大学を出て就職して……もしデザイナーとして採用されなければ、ほかの職種でも、派遣やバイトでも、とにかく仕事をして生活していけばいい。実家の土地建物でもなんでも、そんなに欲しいのなら章介が勝手にすればいい。

先日、そういう主旨のことを須藤に言ったら、金に困ったことのない子供の意見だと一蹴《いっしゅう》された。

そんなことは、自分でもわかっている。わかっているうえでの本音だった。

――……そこまで口出すなら、三年前に介入してればよかったじゃないか。

いくら恵多が須藤のことを忘れてしまっていたからといって、本当に恋人で気持ちがあったのなら、章介に会うのを禁じられたぐらいであっさり身を引くのは変だと感じる。

わからない。

章介の行動や気持ちも、須藤の行動や気持ちも、理解できない。

それは自分がまだ大人でないからなのだろうか。

それとも、記憶や感覚に欠落があるせいなのだろうか。

近くのコンビニで買い出しをして、須藤のマンションに向かう。そろそろ須藤が帰宅する時間だ。

エントランスアプローチに設置されたパネルに暗証番号を打ちこんで、ドアロックを解除しようとしたときだった。背後から靴音がして、左の二の腕を摑まれた。コンビニのレジ袋が手から落ちて、なかのペットボトルだとか菓子パンだとかがデザイン貼りされたタイル床に散らばる。

「なにすん…だ、よ」

後ろへと腕を引っ張られながら振り向いた恵多は、唇を震わせた。

男の大きな手を振り払おうとするけれども、力がはいらない……半月ぶりに触れ合う、生身の仲里章介。それは歪んでしまったイメージのなかの彼とは、やはり違っていた。以前のままの、「ショースケ」だ。

そう感じてしまって、騙されたらいけないと慌てて自分を叱咤《しった》する。

章介に腕を摑まれたままマンション横の角を曲がらされ、そこに停めてあった車の後部座席に押しこまれた。章介も横に乗りこんでドアを閉める。車は路肩ギリギリに停められているため、恵多側のドアを開けることはできない。

シートの端に身を寄せて、恵多は章介を睨んだ。歪んだイメージの章介を、目の前にいる「ショースケ」のうえに被せる。そうすると気持ちが冷え冷えとした。

章介が、きつい眼差しで睨み返してきた。

「なんで、須藤のマンションにいる？　十日ぐらい前からアパートに帰ってる様子がなくて、おかしいと思ったんだ」

その言葉に、鍵を換えたのちも章介がひそかにアパートを訪れていたことを知る。

「別に、帰ってる。たまたま叔父さんが来たときいなかっただけだろ」

そっけない声音で嘘をついたが。

「隣の部屋の子が、よそに移ったと教えてくれた。彼女も転居先までは知らなかったがな」

祐香のことだ。誰かに訊かれても転居の件は黙っていてくれるようにと頼んでおいたのだが、彼女は章介のことを気にかけている様子だったから見過ごせなかったのだろう。

「俺が誰とどこに住んでよーが、どーでもいいだろ」

そう言ってそっぽを向くと、章介の手が伸びてきた。

「須藤だけはダメだ」

顎に強い指がかかる。温かい体温に鼓動が跳ね上がる。

「ッ、触んなよ――っ」

暴れて、顎から指を外す。

両の手首を摑まれて間近に覗きこまれると、それだけで項がゾクゾクする。その反応を否定したいあまり、とっさに口走る。

「須藤さんは優しい……あんたなんかより、ずっといい」

章介の眸が凝固し、表情がいっそう険しくなる。

手首の骨が砕けそうなほど、強く握りなおされる。

「いいか。須藤栄二は、兄貴が亡くなったとき——」

「その話なら須藤さんからさんざん聞かされたから、もうわかってる」

懸命に両腕に力を籠めるのに、それ以上の力で章介が抗いを捻じ伏せる。

「あんな奴の言葉なんて信じるな！　いいか、あいつはお前を利用しようとしてるだけなんだ」

「だから聞きたくないって言ってんだろっ。だいたい、俺を利用してたのは章介のほうだろ。自分で認めたじゃないか。……なに考えてんのかさっぱりわかんねぇよ。もうこれ以上……頼むからこれ以上、俺のなかグチャグチャにすんなよ」

荒く息をついて、掠れ声で続ける。

「あんたの——あんたや須藤さんの都合いい部分の話だけ聞かされて、はいそーですかなんて納得できない。訳わかんなくなるばっかで」

鼻と目の奥が重苦しく痛む。

涙ぐんだ目をバックウィンドウへとそむけた恵多はハッとする。コーナーを曲がってきた車を、須藤のものと見間違ったのだ。運転している人の顔を確かめて安堵したものの、マンションの地下駐車場はこちら側に入り口がある。

――いつ須藤さんの車が通ってもおかしくない。

もし、こんなふうに章介といるところを須藤に見られたら、まずい。

――章介はきっと、ストーカー扱いされる。法的措置を取られる。

「…………」

恵多は大きく両手を振るって章介の手を撥ね退けた。握った拳で窓ガラスをガンガンと殴りだす。手が砕けそうに痛んだけれども殴りつづける。

仕事帰りらしい若い男が立ち止まった。彼に向けて「助けてください!!」と叫ぶ。何度も叫ぶと、男が車に走り寄ってきた。ほかの通りすがりの人たちも何事かと立ち止まる。

このまま恵多を閉じこめておくことはできないと判断した章介が、失意に翳《かげ》る顔つきで車を降りた。

恵多も車から飛び出して、マンションのエントランスへと全力疾走《しっそう》した。

「なにかあったのかい?」

恵多が帰宅して三十分ほどしてから帰ってきた須藤は、顔を見るなり訊いてきた。

彼はさらに質問を重ねようとしたが、ちょうど携帯電話が鳴って、いつものように寝室に籠もった。こんなふうに須藤の携帯電話はよく鳴り、そのたびに部屋を移る。

　おそらく仕事の電話で守秘義務とかがあるのだろうが、クライアント相手とは思いがたい、いくぶん乱暴な声音が漏れてくることがあった。今日もそうだった。

　寝室から出てきた須藤は険しい顔つきだったが、その表情は一歩ごとにコントロールされていき、傍に来るころにはいつもの紳士的なものになっていた。

「改めて考えてみたんだが」

　そう前置きして、須藤は窓辺に置かれたソファの、恵多の横に座ってきた。

「とりあえず、仲里の家と土地は売ってしまおう」

　ほとんど決定事項のように告げられて、恵多は唖然とする。

「でも、あそこは子供のころから住んでたとこで……そんな急に売るとかは」

「思い出のある場所だというのはよくわかってる。でも、このまま仲里章介に所有されるぐらいなら、現金化して君が管理すべきだ」

　須藤が睫を伏せて、眸を暗くした。

「私がそう考えるのは――いや、しかし、君に身内の残酷な話は聞かせたくない」

　恵多は須藤を凝視した。

「身内のって、なんのことですか」

「真実を知れば、君はきっと深く傷つくことになる」

「それでも……ちゃんとわかったうえで、自分で考えたいです」

須藤は痛ましいものを見る眼差しを恵多に向けた。そして、硬い声で告げた。

「仲里章介は、君のお父さんと事故の直前に会っていたんだ。泥酔《でいすい》している人間の運転を止めなかった――いわば、君のお父さんを死に追いやった張本人なわけだ」

「…………、え？」

数秒、思考が止まった。

それから、急速に否定感が全身から込み上げてきた。

「ない、です」

あるわけがない。

「だって章介は、父の事故死を聞いてアメリカから帰ってきたんです」

「恵多くんは、お父さんが亡くなった前後の記憶がほとんどないんだろう？」

「そう…ですけど」

「彼は、事故の少し前から日本にいたんだよ。そして、実の兄の会社を手に入れようと目論んだ。実際、私は事故の数日前に彼と顔を合わせている。君の家でね」

「――――」

父と章介が一緒に自宅のリビングにいる映像が、ふいに鮮明に浮かんできた。

とたんに頭の芯で爆発が起こる。

鼓動が異様に速くなっていく。激しい脈動に合わせて、脳が軋む。

「すまなかった。無理に思い出そうとしなくていい」

呻きながら両腕で頭をかかえた恵多の強張る背中を、須藤がさする。

——そうだ。父さんが生きてたときに、俺は章介と会ってる。

その事実を章介は徹底的に隠した。完璧に隠さなければならない理由があったからだ。

須藤が言ったことがその理由だとすれば納得できる。

しかし、だとしたら章介は計画的に、実の兄を死に誘いこんで、会社や財産を奪ったことになる。

ショックのあまり吐き気までしてきた。

「家を売るのに同意してくれるね？」

尋ねられて、恵多は朦朧としたまま項垂れるように頷いた。

須藤は恵多から依頼を受けたというかたちで、章介との交渉を開始した。

実家の不動産の名義は恵多になっているものの、章介が土地の権利書などの必要書類を須藤に渡すのを拒否しているらしい。

そのことに苛立っていた須藤が、ある日、ひどく機嫌のいい顔で帰宅した。

「面白いものを見せてあげよう」

恵多の肩を抱きながらそう言って、クリアファイルを手渡してきた。それにはＡ４判の紙が二枚はいっていた。

「ナカザトデザイン事務所は規模の割には知名度がある。マスコミの知り合いにストーキングの件を話して、面白い記事にしてもらったよ。来週号にでも載せようと思えば載せられる」

雑誌用の原稿をアウトプットしたものらしい。

記事には、章介の名前も社名も、そのまま記されていた。優良企業であると会社の紹介めいたものまで書いてある。そのうえで、社長が少年相手の同性愛に耽り、ストーカー行為を繰り返している、という内容が続いていた。

「君を傷つけたくはないから、名前も写真の目元もちゃんと隠してもらった」

いかにもゴシップ週刊誌っぽく、大きな写真が記事に貼りこまれていた。車のバックウィンドウ越しに撮られたそれは、章介が「少年」の両手首を握り、キスを迫っている――ように見えるものだった。

章介が須藤のマンション前で恵多に接触してきたときのものに違いなかった。

「この写真、どうやって……」

「知人が撮ったものだ。うまく撮れてるだろう」

「まさか、俺に見張りを？」

「怒らないでくれ。言っただろう？　今度こそ仲里章介から君を守るって」

そんな善意が動機だとは、とても思えない。

「もしこんな記事が出たら、会社は――」

呟くと、須藤が目を細めた。

「会社経営に致命的なダメージが出る可能性は高いだろうね。だからこそ、取り引きのネタになる」

「これで脅して、権利書を手に入れる気なんですか？」

「脅しじゃない。取り引き、だよ」

記事を握る恵多の手は震えていた。

ここまで汚い手段を取る須藤に対して憤りを覚える。

同時に、捏造のはずの記事が事実を含んでいることに、恐怖を覚えていた。同性同士の肉体関係が、写真のなかのふたりには本当にあったのだ。

「これは絶対に載せないでください」

「載るか載らないかは、仲里章介次第だね。まぁ、彼もバカではないだろうから、正しい判断をするはずだ――恵多くん」

顎を摑まれた。妙に冷ややかな目が覗きこんでくる。

「どうしてそんなに青い顔をしているんだい？　まさか、仲里章介の心配をしているわけじゃないね？」

――俺は……。

「そんなはずはないね。仲里章介は君のお父さんを見殺しにした男なんだから」

釘を刺して、須藤は恵多の顎から指を離した。

自室へと去っていく男の後ろ姿を凝視しながら、恵多は眉根をきつく寄せる。

——俺と須藤さんて、本当につき合ってたのか？

須藤に対して、それらしい感情がまったく芽生えてこない。

須藤からも、恋人らしい情を感じることがない。なにかあれば心配してみせるし、それらしい甘い表情を浮かべることもあったが、作り物にしか見えないのだ。異性なら案外ころりと騙されるかもしれないが、そんな須藤を同性として醒《さ》めた目で見ている自分がいた。

なにもかもが定かでないなか、ひとつだけ確信したことがある。

誰かと一緒に湯舟に浸かって、なにか約束をする、幸せな夢。

あれが現実にあったことだとしたら、相手は絶対に須藤ではない。


私生活も就職活動もこんがらがった糸のようなありさまのなか、桜の花の時期を迎えた。

再来週からは四年の前期講義が始まる。

実家の土地売却の件に関しては、明日、須藤の事務所で土地建物の権利書などの受け渡しがある。章介は恵多に直接会って意思を確認するという条件を提示してきた。

章介に、どんな気持ちで会えばいいのか。

須藤の話が本当ならば、父は章介によって死に向かわせられたのだ。

父はずっと飲酒運転を繰り返し、恵多が何度やめるように注意しても聞き入れてくれなかった。だから、一番の責任はやはり父自身にあると思う。

けれども、泥酔したままハンドルを握ろうとした父のことを、体格の優れた章介ならば力ずくで止められたはずだ。社長の椅子という私欲があって止めなかったのならば、消極的とはいえ殺意があったことになる。

――俺は……章介を憎まないといけない。

それ以外の感情を、持っていてはいけないのだ。

けれどもそれは身を削ぎ落とされるようなつらさで、章介への想いがいまだに胸に張りついているのだと思い知らされる。

――土地のことが一段落したら、ここを出よう。

当初は、とりあえず就職活動に目処《めど》がついたらと考えていたのだが、そんな先延ばしで自分に嘘をつきつづけるのは、もう嫌だった。

賃貸契約のときに連帯保証人なしで保証会社を利用するシステムもあるようだから、それを使えばいい。仲里の家を出たときは、そういうことも知らずに安易に須藤を頼ってしまったのだが。

物件をチェックしていたノートパソコンを閉じ、私室として与えられている部屋を出て、コーヒーを淹《い》れようとキッチンに行く。

インスタントコーヒーの粉をカップに入れたのと同時に、電話が鳴った。すでに夜の十時を回っているが、須藤はまだ帰宅していない。電話が留守録に切り替わる。

濁った男の声が慌ただしく捲《ま》くし立てた。

『先生、アラキです。携帯が繋がらないので、こちらにかけました。先日の融資の目処があるというお話は、どうなったでしょうか。とりあえず六千万、できるだけ早くお願いします。このままでは倒産になってしまう……先生、先生の情報を信じて資産運用をしたんですから、責任を取ってくださいっ』

白いカップの底の茶色い粉を瞬きもせずに凝視しながら、恵多は呟く。

「融資……六千万……資産運用……」

そういえば須藤は電話の直後に、土地売却の話を持ちかけてきた。

——いや、いくらなんでも、それはない…よな？

邪推しすぎだと考えを振り払い、カップにポットの湯をそそぐ。

いつの間にかカップの縁から焦げ茶色の液体が溢れていた。取っ手を持たずにカップをじかに握っていたから、手に熱湯がかかり、カップを落としてしまう。薄焼きのカップは床で砕けた。

慌てて雑巾《ぞうきん》で床を拭き、破片をビニール袋に入れていく。破片の端がすっと指に触れて、一拍置いて血が赤い線を描いた。

それを見ているうちに、考えが進んでしまう。

本当に、関係ないのだろうか？

いまの電話からすると、須藤はどうやら弁護士の仕事の裏で、なにか資産運用系のビジネスをしているらしい。それがうまくいかなくて相手に多額の損失を出してしまい、融資元を見つけなければならなくなったようだ。

——俺の家、売ったら六千万以上にはなるよな…。

恵多はキッチンの床から立ち上がると、自室へと向かった。不確かな要素がある以上、このまま土地売却の話を進めるわけにはいかない。

けれども須藤がその気になれば、弁護士としての知識と話術で、世間知らずの大学生など簡単に丸めこめるだろう。

一度、冷静になって考える必要があった。

貴重品や最低限の荷物を鞄に詰めながら渡辺に電話して、しばらく泊めてくれるように頼みこむ。

そうして、玄関でスニーカーに片足を突っこんだとき、目の前でドアが開いた。

須藤が、恵多を見るなり怪訝《けげん》——というより怖い顔をした。

「こんな時間にどこに行くつもりだい？」

「ちょっと……コンビニに」

「こんな大きな鞄を持って、コンビニね」

鞄を取り上げられた。止める間もなく、中身を検められる。

「着替えに実印、預金通帳、住民票と印鑑証明書もはいってるね」

住民票と印鑑証明書は、土地売却に必要だから取っておくようにと須藤から言われたものだった。

「返せよ！」

鞄を取り返そうとした手を掴まれた。リビングへとなかば引きずるように連れ戻される。

須藤が電話の留守録キーが明滅しているのに気づき、再生する。さっきのアラキという男の切羽詰《せっぱつま》った声が流れた。

「なるほど。これを聞いたわけか」

「……須藤さんはこのアラキって人のために、金を作らないといけないんだろ」

恵多に向けられた須藤の視線は、ひどく冷ややかだった。それに負けまいと、目に力を籠める。

「土地を売るかどうかは、よく考えてからにする」

「それでは困るんだよ、恵多くん。アラキさんのために一刻も早く資金を用意したいんだ。もう土地購入者も決まってる」

須藤はすでに土地売却の目的を取り繕《つくろ》うことすら放棄していた。

「そんなの俺には関係ない」

「関係ないは酷い。恋人だったのに」

「知らない。それに少なくともいまの俺は――」

「いまの君は、私より、自分の父親を殺した男のほうが好き、かい？」

恵多は目を瞠《みは》り、唇を震わせた。

「そんなわけ、ない」

須藤は薄く笑うと、恵多の手に鞄を戻した。

「仲里章介がどうなってもいいってことだね。それなら、どこでも好きに行けばいい。例の記事を雑誌に載せてもらうことにするよ。そうだ。会社を手に入れるために実兄を見殺しにした件も記事にしてもらうことにしよう」

「…………」

鞄をかかえたまま、恵多は動けなくなる。

――憎まなきゃいけない。章介がどうなってもいいって思わないと。

それなのに、どうしても出て行くことができなかった。

「どうしたんだい？」

小首を傾げる須藤に、無言のままぎこちなく首を横に振って見せる。

「君は半端で、どうしようもないお子様だね。自分の部屋に戻りなさい」

恵多は深く俯き、与えられている部屋へとはいった。須藤も後ろからついてきた。

ベッドに座るように言われてそのとおりにすると、須藤が目の前に立つ。

視界に男の手が下りてきて、自身のスラックスのファスナーを開く。下着のウエストが下げられて須藤の性器が露わになるのを、恵多は呆然と見ていた。

うえから押さえつけるように後頭部を摑まれる。須藤のものを口許に寄せられて、ようやっと恵多はなにをさせられようとしているのかに気付いた。慌てて腰を大きく捻じって逃れ、ベッドに後ろ手をつく。

須藤が苛立った声音で詰る。

「どうして逃げるんだい？」

「ど、どうしてって…」

「君はこれをしゃぶるのが大好きだったんだよ。してごらん。思い出せるかもしれないから」

首を激しく横に振ると、左手首を摑まれた。

「仕方ないね。今日は手で許してあげよう」

「やだって、俺はっ」

「しないなら、仲里章介の罪を世間にバラ撒くまでだ」

「それは――――、…ッ」

腕の力が緩んだ隙に、掌をペニスに押しつけられた。手から全身へと、ザァッと鳥肌が拡がっていく。

「こんなふうに、いつもしてくれたね」

手を、須藤の両手にくるみこまれた。男の性器を握るかたちに指が折れる。手を抜こうとすると、再度脅された。

「大好きな叔父さんがどうなってもいいのか？」

恵多の手の筒を前後に動かしながら、須藤がみずから腰を遣いだす。

恵多の手指がかたち作る輪が、次第に内側のものの膨張に拡げられていく。扱かされる長さも増していく。先端部分を握らされると、掌がぐちゅりと濡れた。新たな先走りが溢れるのを、指の繊細な皮膚で感じる。

「は、ぁ……恵多くん、そっちの手も使って……使うんだ、早くっ――そう、いい子だね」

左手で扱きながら、右手の人差し指で先端の縦の溝を擦らされた。

「いいよ。ちゃんと覚えてるんだね」

須藤が欠伸《あくび》めいた溜め息をつく。

本当に覚えていないし、ひたすら気持ち悪いばかりだった。

――俺、なんで……こんなこと、してんだろ？

自問しながらも、答えはすでに知っている。

章介を守りたいからだ。ただ、それだけだ。

――章介は酷い奴なのに。バカみたいだ。ホントにバカすぎ。

発作特有の痺れが身体中に充満して、眼窩を押し潰されるような頭痛が起こる。あまりの痛みに背中が丸まり、吐き気が突き上げてくる。

「ぅ…ぐ」

須藤が吐瀉物《としゃぶつ》を大きな動きで避けて、舌打ちをする。

恵多はベッドから転がり落ちて、床に倒れた。それなのに須藤が諦めきれないように、また手を摑んできた。

性器に触らされそうになったところで、恵多のジーンズの尻ポケットで携帯電話が鳴りだした。須藤が携帯を引き抜いて、ディスプレイを確かめる。

「渡辺……ああ、あの大学の友達か」

携帯を床に放りながら、須藤が恵多の手首を放した。

ホッとしたのも束の間、今度は鼻を摘ままれた。息ができなくて口を開けてしまう。戻したばかりの口に膨張しきった性器を寄せられる。

恵多はもがき、鳴りつづけている携帯電話へと必死に手を伸ばす。唇にぬるつく先端が触れたのとほぼ同時に、携帯を摑むことができた。

渡辺の声が、部屋に響く。

『あ、繋がった——ケータ、何時ぐらいに着く？　来るときさ、酒買ってこいよ。……なあ、聞こえてるかー？　おーい』

須藤が凄《すご》い形相で携帯電話を奪い取って、足早に部屋を出て行った。

閉められたドアの向こうから、温厚に作られた声が聞こえてくる。

「渡辺くんだね。実は恵多くんはそちらに行けなくなったんだよ」

ガタガタと震える手の甲で自分の唇を拭う。

拭っても拭っても、先走りのぬるつきと、なまなましい亀頭の感触とが、どうしても消えてくれない。

朝からハンドソープのポンプを何十回押したかわからない。洗っても洗っても、手が汚れている気持ち悪さが消えない。口内洗浄液で口の粘膜が痛むほど口をすすいでも、唇を汚された感触が消えない。

昨夜の発作と不眠のせいでだるい身体を引きずるようにして、恵多は電車で品川へと向かった。

須藤の個人名を掲《かか》げた事務所には、弁護士や司法書士、事務員が数名ずついた。いまから三十分後に、章介がここを訪れることになっている。土地売却の必要書類を持ってくるのだ。

使用する応接室に恵多を通して、須藤が念を押す。

「この取り引きが成立しなかったら、仲里章介はゴシップ誌の餌食になる。わかっているね」

土地売却の意思があることを章介に告げて、あとは須藤に従って、余計な言動はしない。それが恵多の役割だった。

「それと、これで仲里章介に会うのは最後にしてもらうよ」

「え…」

「この先の法的なやり取りはすべて私が窓口になる。君はもういっさい、電話でも彼と話してはいけない」

提案ではなく命令の口調で、須藤が続ける。

「昨夜のことでよくわかった。君は仲里章介への恋愛感情で雁字搦めになってる。だから完全に関係を遮断する必要がある」

「そんなこと、勝手に」

「不満なのかい？　仲里章介が君に……君とお父さんにしたことを考えれば、極めて適正な対処のはずだよ。もし再度接触するようなことがあれば、その時はゴシップ誌でもインターネットでもなんでも使って、仲里章介を社会的に抹殺《まっさつ》する」

「――――」

恵多の腰は、崩れるように背後のソファに落ちた。

「私は時間まで仕事をしてくる。ここで待っていなさい」

応接室のドアが閉められた。

「最後……？」

呟く。

「章介と、もう会えない？」

心臓を擂《す》り潰されるような激痛に、恵多は身を強張らせる。また発作が起きてしまいそうだった。

壁にかけられた時計がカチカチと音をたてながら秒針を回していく。それを指で摑んで止めてしまいたい。

章介に会いたくない。

もう二度と会えなくなるのが嫌だから、会いたくない。

この先に会える可能性を残したまま、時間を止めてしまいたい。

——……。

座った身をきつく丸めて、自分のジーンズの膝を睫が触れるほどの距離から凝視していた恵多は、痙攣するような瞬きをした。

——前にも、あった？

これとそっくりなことが、以前にもあった気がしていた。


ドアがノックされる音に、恵多はパーカーのポケットのなかで握った拳の掌に爪を深く立てて、なんとか上体を起こした。

須藤とともに、章介がはいってくる。

彼の男らしいラインの頰は、げっそりと削げていた。

目が合う。

――章介……章介。

自制しようもなく胸の底から膨れ上がってくる熱が、喉の奥を幾度も突く。嗚咽めいたものが漏れそうになるのを、唇を噛んで堪えた。

これが最後になるという切羽詰った哀しさと、父のために章介を恨まなければならないという気持ちとが、ぐちゃぐちゃに入り混じる。

向かい側のソファの、正面に陣取った章介を見詰める。

見詰め返してくる黒い目には、責めるような嘆くような、ひどく濃密な力が籠められていた。

「ケータ」

耳に馴染んだ低い声が、苦しそうに名前を呼んでくる。

続けて、強い口調で問われた。

「あの家と土地を売るのは、本当にお前が自分で決めたことなのか？　この男に……須藤に無理強いされてるんじゃないのか？」

横に座っている須藤が、恵多の肘を撫でて回答を促す。

「――自分で決めた」

感情を必死に殺した棒読みのせいで、ひどくそっけない声音と物言いになってしまった。

章介が目許を暗くして視線を落とす。

「仲里さん、封筒をこちらに。書類のほうを確かめますので」

須藤の手に大判の封筒が渡る。

章介の目はローテーブルの天板に向けて固められている。

そんな章介に、恵多は胸のうちで何度も訴える。

——もう一回、ちゃんと俺の目を見てよ。これが最後なんだ。

「不備はないようですね」

封筒に書類を入れながら、須藤が何気ないように続ける。

「仲里さん、恵多くんはこれを最後に、もうあなたとは会いたくないそうです。彼の気持ちを尊重してあげてください。さぁ、恵多くん、行こう。家までスタッフに車で送らせるから」

須藤に二の腕を摑まれ、立ち上がらされた。

同時に章介もバッと立ち上がり、先回りしてドアの前に立ちはだかった。章介の大きな手が伸びてきて、恵多の手首をぐっと摑む。ずっとパーカーのポケットに突っこんでいた手が露わになる。

「触んなよッ！」

とっさに怒鳴ったのは、それが昨晩、須藤に奉仕させられた手だったからだ。そんな手を章介に見せたくなかった。触らせたくなかった。

「……ケータ」

見ているほうが、苦しくて哀しくてたまらなくなる顔を、章介はした。

須藤が冷ややかに章介を詰める。

「仲里さん、どういうつもりですか？　恵多くんのお父さんが亡くなる原因を作ったのは、あなたでしょう？」

章介はきつい眼差しで須藤を睨みつけ、口を動かしかけた。けれども結局、なにも言わずに下唇の厚みを噛み締める。握られている手首から、章介の震えが伝わってきた。

須藤の言ったことは、ぜんぶ本当だったのだ。だから章介は否定できないのだ。

改めて鈍いショックに呑まれる。

そして、本当にもう二度と自分は章介と会えないのだと知る。

彼の罪が事実であるからには、その罪が決してゴシップ誌に載らないようにしなければならない。たとえ父と自分に害を為した人であっても、仲里章介という男の不幸を、恵多はどうしても望めない。

——だから、もう会えない。

「仲里さん、出て行っていただけませんか？　恵多くんは私といることを選んだんです。彼は私が面倒を見ますから、なにも心配はいりません」

「ふざけるなっ。ケータがお前を選ぶはずがない！」

須藤は薄く笑うと、恵多の顎に指をかけた。

抵抗したら仲里章介がどうなるか、わかっているね？　そう、栗色の眸で脅しをかけながら、須藤が顔を近づけてくる。

章介の目の前で須藤にキスをされた。唇が重なった瞬間、握られたままの手首にすさまじい握力がかかって、恵多はきつく目を閉じた。舌を挿れられる。章介の手指がガクガク震えているのが、骨にまで伝わってくる。

キスをやめてくれと懇願するように、手首を引っ張られる。

男の舌に舌を捏ねられながら、恵多は瞼をわずかに上げた。

章介を見る。

彼が涙を流すのを見るのは、初めてだった。どういう意味の涙なのかは、よくわからない。わからないけれども、甘くて切なくて、つらくて嬉しかった。

泣き顔を目に焼きつけて、ゆっくりと目を閉じる。

手首を握られる力が砕け——消えた。

10

マンションの高層階の大きな窓。そこに広がる空は灰色の雲を重ねていき、ついに雨が降りだした。

リビングのソファにぐったりと横になった恵多は、その様子を見るともなく目に映す。

もう一週間、外に出ていない。

須藤から外出を禁じられているからだ。恵多が章介と接触するのを完全に阻止したいのだろう。須藤の知人がマンション周辺に張っていることを暗にほのめかされた。

就職活動も中断せざるを得なくなっていた。優良企業のデザイナー職を紹介するから心配しなくていいと須藤は言うが、これ以上、須藤に支配されたくはない。

しかしそれ以前に、来週から始まる大学に通わせてもらえるかどうかすら怪《あや》しかった。

須藤は幾度か、恵多に性的奉仕をさせようと試みた。

しかし本能レベルの拒絶反応なのか、これまでの発作とも少し種類の違う、嘔吐《おうと》をともなう激しい頭痛と身体硬直が起こるせいで強行できずにいる。

短期間のうちに幾度も発作を繰り返しているせいで、常に頭は鉛のように重く、関節という関節が熱を持って痛んでいた。心身の負担は確実に蝕んでいる。

――こんな生活がいつまで続くんだろう……。

不条理な支配に従っているのは、章介の罪を世間に流されたくないからだ。しかし、章介のために犠牲になっている、という感覚とは違う。

章介が酷い人間なのは、わかっている。それでも自分は、章介のことがどうしようもなく好きなのだ。だから彼を守るのは自分自身のためだ。

けれども、このまま時間を積んでいっても、光はない。

須藤は、恵多の財産をすべて都合よく使うつもりだろう。そして一円もなくなったら、今度は章介を脅すに違いない。なにも解決しないまま、ただただ深みに嵌《はま》っていくだけだ。

どうすれば、この袋小路から出られるのだろう？

窒息しそうな息苦しさを覚えて、恵多はソファからなかば転げ落ちるようにして立ち上がり、窓へと向かった。ベランダに出て、外気を吸う。

雨に顔を叩かれながら、いまにも垂れ落ちてきそうな灰色の空を仰《あお》ぐ。

「……いいな」

どんなに雨雲に汚されても、雨を排泄しきるか、風が雲を押し流すかすれば、また綺麗な青が空には戻る。そんなふうに章介との関係もリセットできたら、どんなにかいいだろう。

「リセットできたら」

呟き、空から地上へと視線をすとんと落とした。

「どうして、ないんだっ」

恵多に与えられている部屋は、ごたごたに引っ繰り返されていた。須藤が血走った目で睨んでくる。

「このあいだは鞄のなかにあっただろう。それからどこにやったんだ？」

恵多はチェストの抽斗《ひきだし》のなかを捜すふりをしながら呟く。

「たしか、ここにしまったような……」

「大切なものの管理もできないのか、君は」

須藤は恵多を床へと突き飛ばすと、抽斗を引き抜いて中身を床にぶち撒けた。

けれども、印鑑――実印は出てこない。

売却する土地の測量図面の書類も用意できて、すべての書類が揃ったという段階になって、肝心の恵多の実印が行方不明になっていたのだ。

須藤はチェストのすべての抽斗を引っ繰り返し、クローゼットの中身をベッドのうえに投げ、挙句の果てには床に這いつくばって印鑑を捜した。と、ベッドの下を覗きこんだ須藤が動きを止めた。

「なにかあそこに……暗くてよく見えないな。懐中電灯を持ってきなさい」

「懐中電灯？」

「キッチンのシンクの下にある」

恵多はだるい動きで床から立ち上がると、キッチンへと向かった。シンクの下の戸を開く。棚に置かれていた懐中電灯を左手に持ったところで、戸の内側にあるホルダーに視線を吸い寄せられた。

心臓が強く打った。

「……」

この袋小路から抜ける決定的な解決方法が、ふいにわかったのだ。

わかってしまうと、どうしてこれまで思いつかなかったのかと不思議になった。

震える手をホルダーへと伸ばして、それを握り抜く。大して重さがないもののはずなのに異様に重たく感じられて、よろける。

まるで雲のうえでも歩いているかのように床が揺れるのを感じながら、恵多は部屋へと戻った。

床に這いつくばったままの須藤が「遅い」と不機嫌な顔をして振り向き、手を差し出してきた。その手に左手に握った懐中電灯を渡す。渡したのに、須藤は取り落とした。ころころと筒状の懐中電灯が床を転がっていく。

「恵多…くん」

見開かれた須藤の目が釘づけになっている右手を、恵多はのったりと上げた。

「そんなもの、なにに——床に、床に置くんだ」

握っている包丁の柄を、恵多はギュッに握りなおす。

ひどく汗をかいた掌に、ドッドッと強い脈拍が響いている。

「俺、考えてたんです。どうすれば、この生活を終わりにできるのか。この部屋から飛び降りることも考えた」

実際、フェンスを乗り越えかけることまでした。

「――でも、それじゃ解決しないって気づいたんです。俺が死んだら、須藤さんは絶対に、今度は章介のことを脅す」

須藤が叫ぶように言う。

「脅さないっ。や、約束する」

恵多はぎこちなく苦笑した。

「信じられるわけないじゃないですか」

「バカな真似はやめ――」

「バカだから、俺」

『お前みたいにぼわぼわーっとしてて迂闊で半端なのは、頭が軽くて根性サイアクな見た目だけの女に捕まるんだ』

章介の言葉のとおりだ。

須藤のような男に捕らわれて、もっとも短絡的で始末の悪い方法しか思いつけなかった。本当に、迂闊で半端で、頭が悪い。

――それでも、章介のためにできることはある。

強張る右肘を、ギシギシと後ろに引いて、ぬるつく手指に力を籠める。

「け、恵多く、ん――――」

須藤へと倒れこむようにして、腕を前に突き出した。刃先が須藤の首元に近づいていくのが、スローモーションのようにゆっくりと鮮明に見えた。あまりに鮮明すぎて、思わず目を閉じてしまう。

ゴッ…と硬すぎる感触に刃がぶつかった。

慌てて目を開くと、包丁が床に刺さり、須藤は上体を気持ち悪いぐらい捻じって刃から逃れていた。

須藤の腕が右腕に絡みついてくる。

視界が大きく斜めに飛び、次の瞬間、恵多の身体は床に転がっていた。衝撃で、手から包丁が離れてしまう。その包丁を須藤がバッと摑んだ。

自分に馬乗りになって包丁を振り上げる男を、恵多は見上げる。

どちらでも、かまわなかった。

自分が須藤を殺せば、須藤はもう章介を脅せなくなる。

須藤が自分を殺すのでもいい。こんな場所で勢いのまま不用意に殺せば、犯罪を隠蔽《いんぺい》するのはまず無理だろう。須藤は捕まり、刑罰を受けることになる。それはそれで章介を恐喝《きょうかつ》できなくなるだろう。

……もしその時、家の電話が鳴らなかったら、須藤は我に返ることなく包丁を振り下ろしていたかもしれない。

呼び出し音に、須藤は大きく瞬きすると鋭く舌打ちをした。そうして包丁を遠くに投げ飛ばして恵多の身体をうつ伏せにし、ネクタイで後ろ手に縛った。床に落ちていた荷造り用のガムテープで、両足首をいっしょくたに何重にも巻かれる。口にもガムテープを貼られた。

須藤が荒い息遣いのまま、包丁を拾っていったん部屋を出ていく。リビングのほうから、いまさっきの電話の留守録を再生しているらしい音声が聞こえてきた。

しばらくすると、須藤が戻ってきて言った。

「実印が見つからないせいで明日の入金ができなくなった。お陰で、これからアラキの機嫌取りをしなきゃならない」

ベッドの端に座った彼は、苦々しい顔つきで床の恵多を見下ろす。

「まぁ、いい。印鑑証明書はある。印影から実印を偽造するぐらい簡単なことだ――なんだい、その目は…………まさか、実印を君が隠したのか？」

恵多は首を縦にも横にも振らなかった。

須藤は舌打ちすると、床へと膝を落とした。恵多の腰をねっとりとした手つきで撫でまわす。

「せっかく縛ったんだ。アラキが帰ったら、今晩こそ可愛がってあげよう。言っておくが発作を起こしても、もう許してあげないからね」

「ン…ン」

首を横に振ると、須藤は喉で笑った。

「昔を思い出す必要なんてない。私に夢中にさせてあげよう」

腰から下腹へと手が移る。性器を摘まむようにいじられて、恵多は不自由な身でもがく。

「そんなに腰を振って、気持ちいいのかい？」

身体をうつ伏せにされた。腰をかかえ上げられる。臀部に男のいくぶん硬くなった器官を押しつけられた。まるで犯すみたいに揺さぶられて、恵多はくぐもった悲鳴をあげる。

「君の可愛い様子を余すところなく撮影してあげよう。そうしたら君はもう、なんでも私の言うことをききたくなるだろうね」

それはきっと、新たな脅しのネタにされるのだ。目の前が真っ暗になる。

須藤の動きと息遣いが激しくなっていく。擬似セックスの濃密な行為が、発作を呼び寄せる。身体が痺れて、頭が痛む。

このまま犯されてしまうのではないかと思いはじめたころ、来客が一階のエントランスアプローチに来たことを告げるチャイムが鳴った。背中から男の重みが消える。

身体を引きずられて、作りつけのクローゼットの床へと転がされた。折戸が閉められる。

「……、……、……」

発作が起きているなか、口で呼吸できない状態で狭くて真っ暗なクローゼットに閉じこめられ、苦しさが跳ね上がっていく。

「ああ、アラキさん。いまエントランスを開けますので」

リビングルームの壁に設置されたインターホンに向かって喋る須藤の声がかすかに聞こえてくる。

意識が不安定に掠れて、途切れそうになる。

ガムテープで塞がれた口のなか、自分の舌を嚙むことでなんとか意識を繋ぎ止めようとするのに、嚙む力すらはいりきらない。

数十分後には、この抗いようのない状態で須藤に身体を弄《もてあそ》ばれるのだろうか。考えるだけで、恐怖と口惜しさに身体がカタカタ震える。

アラキが部屋の前に到着したのを告げるチャイム音が、クローゼットの暗闇にも鳴り響く。続いて玄関ドアが開かれる音がした。

「お待ちしていました。どうぞ」

このクローゼットと玄関は近いため、須藤の声が意外なほどはっきりと聞こえた。

「アラキさん——その後ろの方は……」

訝しげな須藤の声はそこで途切れ、次の瞬間、人が倒れたらしい激しい物音がした。そして、靴音が——靴を脱がずにフローリングの廊下を走っているらしい音がダダ…ッと響く。この部屋の前を通り過ぎてリビングへと抜けたらしい。

そちらから声が轟《とどろ》いた。

「ケータっ!!　ケータ、どこにいるんだっ!?」

耳に馴染んだ低く張り詰めた声が、壁や扉を突き抜けて、恵多の鼓膜を打つ。いや、それとも鼓膜のほうが、その声を拾いたくて過敏に反応しているのかもしれない。

耳元で怒鳴られているみたいに、鼓膜が甘く痛む。

――ショースケ……。

「おい、須藤っ、恵多をどこに隠したっ」

「仲里さん……ですね。一瞬、わかりませんでした」

須藤も気が立っているらしく、大きな声で続ける。

「下で張っている知人から、この一週間、マンションに侵入しようとするあなたを何度も阻止した、という報告を受けていました。その格好で彼らの目を誤魔化したんですね」

「やっぱり、あのヤクザたちはお前の知り合いか。それよりケータはどこだ？　返してもらう」

「彼がここにいるのは自由意志です。無理に連れ帰るほうが犯罪でしょう」

「あいつだって、お前が職権乱用の悪徳弁護士だって知ったら、絶対にお前から離れる！」

「私がなにをしたというんですか？」

「とぼけるな。そこにいるアラキさんから聞かせてもらった。お前は企業弁護士として得た情報を裏から流して、M&Aや株売買のアドバイスを高額で請《う》け負ってきたそうだな」

章介の言葉を受けて、須藤が声を荒《あら》らげた。

「アラキさん、どういうつもりですかっ」

喚《わめ》き声が答える。

「こ、この人が、先生よりいい条件で融資の約束をしてくれたんです！　こっちだって会社の運用資金をつぎこんでしまっていて、一刻を争うんだ。……悪いが、先生をこれ以上、信用できない」

癇癪《かんしゃく》を起こした須藤が、なにかを床に叩きつけたらしい。破壊音と震動が伝わってきた。

「アラキさん、須藤とは俺が話をつけておくので、これで帰ってください」

章介の言葉に従って、アラキのものらしい足音が玄関へと小走りに流れた。

重く張った章介の声が聞こえてくる。

「須藤、お前は三年前となにも変わっていないな。善人面で取り入って、手当たり次第食い物にする」

「……突然現れて人の築いたものを横取りしていく。そっちこそ、三年前と変わっていませんね」

「築いたものだとっ？」

章介に殴られたらしく、大きな音のあとに須藤が呻き声を漏らす。

「兄貴が亡くなったとき、お前は将来的にケータを社長にするとか調子のいいことを言って、懐柔済みの副社長を社長に立てようとしたな。結託《けったく》して、うちの会社を食いつくそうって魂胆だったのは見え見えだ」

恵多は朦朧となりながらも、懸命にふたりの会話に耳をそばだて、理解しようと努める。

「そういう君こそ、体よく会社を乗っ取っただけだろうっ。私と君の差なんて、前社長と血が繋がっているか繋がっていないかぐらいのものだっ」

「お前と一緒にするな！」

低い声がズンと響く。

「いいか、須藤。お前が自滅していくのは勝手だし、お前のリークした情報で金を稼《かせ》ごうとする奴らが自滅していくのも、俺の知ったこっちゃない。けどな、もしこの先もケータや俺を陥れようとしたり、弁護士面で人の会社を食い潰すつもりなら、俺もお前を全力で潰す。お前のやり口がわかった以上、芋蔓式に過去の犯罪行為も暴けるからな」

感情を抑えこんだ調子ながらも、それは聞く者の内臓を萎縮させるほどの威圧感を帯びていた。

「ケータは連れて帰らせてもらう」

章介の荒い足取りが床から伝わってくる。それはあちこちに場所を移していき、ついにこの部屋のドアが開かれた。

「ケータ！　いるなら返事をしろっ」

クローゼットのなかで、恵多は弱く身じろぎする。発作による身体の麻痺と酸欠状態が続いていて、それが精一杯だった。

須藤が苦く潰れた声で、冷静さを取り繕う。

「恵多くんはここにはいません。今日はお互い、少々興奮しすぎているようですから、日を改めて話し合いましょう」

　しかし、部屋にバラ撒かれた私物が誰のものなのか、章介は気がついてくれた。

「この服も財布もケータのだ……お前、ケータになにをしたっ！」

　章介が慌ただしく部屋を歩きまわる。クローゼットの前で足音が止まる。折戸の蝶番《ちょうつがい》が軋む。期待に胸を張り詰めさせる恵多の耳に、ガッと鈍い音が聞こえた。戸ががたんと跳ねる。章介のものらしい呻き声が板一枚向こうから聞こえてきた。

　──な…に？　章介っ!?

　わずかに戸の折りたたみ部分が外側に山を作っていた。

　言うことをきかない身体を、恵多は死に物狂いで動かした。なんとか戸の山の部分に足を入れて押す。開いた場所から視野が拡がっていく。

「……！」

　ガムテープの下で、恵多は悲鳴をあげた。

　目の前の床に、男が這いつくばるようにして倒れていた。無精髭を生やし、太い黒フレームの眼鏡をかけていて、いつもの外出時と様子が違っているが、間違いなく章介だった。そのこめかみには血が伝っている。

　見上げれば、天井のライトを逆光にして須藤が立っていた。彼の両手には大理石製のどっしりとした置き時計が摑まれていた。

　須藤がのったりとした動作で、時計を持ち上げていく。もう一度、殴るつもりなのだ。

「ソーンンッ!!」

ショースケ、とガムテープで封じられた口で恵多は叫んだ。

章介の瞼が大きく震えて開いた。一瞬、深く目が合って。

床で身体を横転させて、章介が須藤の振り下ろした時計から逃れる。そして勢いよく跳ね起きると須藤へと飛びかかった。立てつづけにボディブローを食らわされた須藤が壁に背を打ちつける。その須藤の顔面へと拳がめりこんだ。

「ぐっ…ぅぅ」

顔を押さえた須藤の指のあいだから、みるみるうちに赤い液体が溢れだす。

「鼻——鼻、がっ」

床に蹲った須藤の脇腹を蹴り上げると、章介は大きな足取りで恵多のところに来た。クローゼットからかかえ出されて、ベッドのうえに載せられた。口のガムテープを肌が痛まないようにゆっくりと剝がされる。

口で空気を吸いこんだとたん、激しく噎せた。

「大丈夫か?」

力強い腕に上体を抱き支えられて、恵多はそのまま章介の温かい肩口に顔を埋めた。手首を拘束していたネクタイをほどかれる。

咳が治まっても、恵多の胸は震えつづけた。

胸と同様に震えが止まらない指で、章介のこめかみの血を拭う。

「――――く……ん」

不明瞭な声が部屋の隅で起こる。

顔面の下半分を血まみれにした須藤がこちらを睨んでいた。

「恵多くん…、その男がどんな人間、か、思い出すんだ。君のお父さんを、殺したも、同然だ」

恵多の指がビクッと動きを止める。

間近にある奥二重の目を覗きこむと、章介は苦しげに顔を歪めた。

「否定しないのが、なによりの証拠だ――その男は、君のことだって、いつ殺すか知れたものじゃない」

須藤が言うとおり、父の死に関する指摘を否定しないのは、後ろ暗いところがあるからなのだろう。

否定も釈明もしないまま、しかし章介が苦しげに囁く。

「俺を……俺を信じてくれ。ケータ」

ケータ、という響きに、胸の底からじわっと熱が滲み出る。

須藤が裏返りかけた声で言う。

「恵多くんは、私といたいはずだ。つき合っていたんだ――まだ高校生だったころ……そうだろう、恵多くんっ」

「……」

なにも思い出せないけれども、いまとなっては粉々に砕き消してしまいたい過去だ。

こんな男を好きだった自分がひどく惨めで哀《あわ》れで汚いもののように感じられて、恵多は章介から身を離そうとした。けれども、かえって苦しく抱きすくめられる。

「須藤、お前そんな嘘をケータに吹きこんでたのか」

憎む眼差しを、章介が須藤に向ける。

「う、嘘じゃない。本当に…」

「なにが本当に、だ。ケータの恋人は――」

そこで蹴つまずいたように、言葉が止まる。章介の喉仏が大きく上下する。

――もしかして……知ってる？　俺がつき合ってた人を。

父の事故の前に、章介は帰国していた。父と章介が一緒にいるのを見た記憶は、写真のように断片的に恵多のなかに甦っていた。

それならば、当時の恵多の恋人を知る機会もあったのかもしれない。

章介が懸命な視線を向けてくる。

懇願される。

「頼む。頼むから俺を選んで――俺と、一緒にいてくれ。ずっと」

「……ショースケ」

甘い音引きが、痺れている口から自然と漏れた。

そう呼んだだけで、頭も胸も下腹も熱くなる。理性や倫理や常識が手を出せない奥深い場所から、仲里章介のことが好きで、どうしようもない。

だから、これしか選択肢はない。

「ショースケと……ずっといる」

そう口にしたとたん、視界が歪んだ。

頭の奥底で痛みが弾ける。

鋭い痛みが線香花火みたいに細かく枝分かれして拡がっていく。

そして火種が落ちるときのように、意識がぷつりと途切れた。


『ショースケと……ずっといる』

家のリビングの絨毯《じゅうたん》に、恵多は座っていた。いや、尻餅《しりもち》をついたまま倒れていた。父に拳で殴られた頬を、掌できつく押さえながら。

『そんなことが許されるわけがないだろうっ！』

父がすさまじい形相で怒鳴る。

『叔父と甥なんだぞ!?　お前はまだ子供だから道理がわかってないにしても、あいつは頭がおかしいっ――もう二度と、章介とは会うな。もし……もし会うようなことがあったら、この手で章介を殴り殺してやる』

もう高校三年だ。十八歳になった。父が思うほど子供ではない。

叔父の章介と初めて会ったのは、中学一年のクリスマスイブだった。父は仕事でクリスマスもなにもなく、母もすでに家を出てしまっていたから、叔父の突然の訪れは、恵多にとって嬉しいサプライズだった。彼はマンハッタン在住で向こうで仕事を持っている。年末年始の二週間を日本で過ごそうと一時帰国したのだという。

大学からアメリカに渡った章介は、いわゆる「大人」たちとはまったく雰囲気が違っていた。初めて会ったとき、彼は恵多のオレンジ色がかった目と色素の薄い髪を、好きな色だ、とても綺麗だと褒めてくれた。そうやって人をストレートに褒めるのはアメリカではごく普通のことらしいが、恵多はすごく照れてしまって……嬉しかった。

重たい黒髪が嫌いなんだと語る章介は、目は綺麗な黒なのに、髪は外国人めいた栗色にブリーチしていた。

ファッションセンスからものの考え方まで、章介のすべてが魅力的で、二週間はあっという間に過ぎた。章介がアメリカに帰る日が近づくにつれて、恵多はしょげていった。次はいつ日本に来るのかと、何度もしつこく尋ねてしまった。

それからというもの、章介は年に二、三回、まとまった日数を恵多の家で過ごすようになった。ちょっとした出張で東京に来ることがあれば、かならず会った。

章介に対する気持ちがいつ、身内に向けるものから、恋の対象に向けるものになったのかは、覚えていない。何度も会って、一緒にいるのが嬉しくて、別れるのが寂しくて、それを繰り返しているうちに、章介のことを考えると身体が変な反応を示すようになったのだった。

　でも男同士だし、叔父と甥という近親だし、絶対に受け入れてもらえないと思ったから、恵多は懸命に気持ちを隠した。ただ、やっぱり子供で、隠し方は下手だったのだろう。章介のほうは気持ちを察したうえで、恵多の苦しむ様子を気がかりに見守っていたらしい。

　その関係が前に進んだのは、恵多が高校一年になった五月のことだった。どうしても見せたいものがあるからと章介が急に帰国して、恵多を家から連れ出したのだ。その夜に、初めてキスをした。

　身体をぜんぶ繋げるセックスをしたのは、十七歳の誕生日だった。以前から恵多が「ショースケは絶対に黒い髪のほうが似合う」と言いつづけていたからと、章介は髪を黒に戻した。黒髪の章介のすべてが、誕生日プレゼントだったのだ。

　ちょっとふしだらすぎるほど、恵多は章介との行為に溺《おぼ》れた。

　章介の取ったホテルに一日中籠もったこともある。そうやって章介を身に深く染みこませて、数ヶ月という会えない時間を忍んだ。

『ケータの大学受験が終わったら、日本に戻って、ずっとケータの傍にいる。だから、頑張るんだぞ』

　章介がそう言ってくれたとき、バカみたいに涙が出た。頑張って、第一志望の美大に合格した。約束どおり、章介はアメリカでの生活を終わりにして、恵多の傍に来てくれた。

その晩、父は大阪に出張だった。改めて大学合格祝いをしようと、章介が近所の精肉店でステーキ肉を買ってきてくれた。ちょっと豪華にまったりとディナーをして、それから一緒にバスルームを使った。

身体の洗い合いをしてからバスタブにふたりではいった。

章介の大きな身体に後ろから包みこまれながら湯船に浸かり、もうそれだけで幸せで仕方なかった。

長くて強い腕で恵多を抱き締めながら、章介が耳元に口を寄せてきた。

そうして、約束をくれて、恵多は涙ぐみながら頷いた。何度も頷いた。すると章介が左頬に触れてきた。触れられて、深いえくぼを浮かべていることを教えられる。

恵多は身体の向きを変えて章介に正面から抱きついてキスをした。そのままバスタブのなかで、身体を絡めていった。

……父の足音に気づかなかったのは、行為に夢中になっていたせいもあったけれども、おそらく以前から不審に思っていた父が——出張というのも嘘だったのだろう——足音をひそめていたせいもあったのだろう。

息子と弟の関係を目の当たりにして、父は激怒した。

けれども、どんなに罵倒されても恵多の章介への気持ちが揺らぐことはなかった。ただ、父が章介のことを悪しざまに言うのを聞くのはつらかった。そしてなにより、日本に戻ってくれた章介と会えない日々が続くことに、耐えられなくなった。

『章介となら、どこへでも行くから――俺といて』

電話でそう伝えたとき、章介はかなり悩んだようだったが、とにかく父の目を盗んで一度ゆっくり会って話し合うことになった。夜、家から少し離れた路上にしゃがみこんで、章介が迎えにきてくれるのを待った。


――ああ……そうだ。思い出した。


目を開く。

実家の、自分のベッドに恵多は寝かされていた。

章介はデスクチェアをベッドの横に移して、そこに座っている。無精髭はそのままだったけれども、眼鏡は外していた。頭部の傷は出血の割に浅かったのか、すでに血は止まっているようだった。

三年前からではない。もう八年も前から、この顔を自分の目は映してきたのだ。それを噛み締めながら、章介を見詰める。

章介も見詰め返しながら、恵多のこめかみのあたりを親指で優しくなぞる。すべての仕種が、涙が出そうなほど懐かしい。

「夢、見てた」

「どんな夢だ？」

「ショースケと初めてキスしたときの」

章介の目がゆるく泳ぐ。たぶん、ふたつのキスを思い浮かべているのだろう。本当の初めてのキスと、恵多が記憶を失ってから初めてのキスと。

少し寂しがるように、章介の眦が歪んだ。

この三年間、章介は寂しい思いを繰り返してきたのだ。ふたりで持っているべきはずの記憶を、ひとりだけでかかえて。

「月食、また観たいな」

そう掠れ声で囁きかける。

すると章介が短い瞬きを繰り返してから、大きく目を見開いた。

以前、発作を起こしたあとに目を覚ましたとき、章介がパソコンで暗いオレンジ色の星の画像を見ていたことがあった。

あれは、月食の写真だったのだ。

高一のとき、子供の日にわざわざ帰国した章介は、空気の澄んだ郊外までレンタカーを走らせて皆既月食を観せてくれた。

――『ちょっとケータの目に似てるだろ』って……。

月食は、太陽光の端の赤い波長が、影になった部分に混ざりこむ。それでオレンジ色がかって見えるのだという。

その不思議な天体ショーの下で――恵多は初めてのキスをした。絶対に、この瞬間のことを一生忘れないと思ったのに。

「ぜんぶ、思い出したのか？」

章介が、悦びと哀しみが入り混じった表情をする。

恵多は頷く。

「ショースケがいっぱい頑張ってくれたのに、思い出して……ごめん」

章介はずっと、恵多が思い出さないように、記憶を刺激しないようにしながら、傍にいてくれたのだ。

「父さんを死なせちゃったの、俺だったんだ」


夜の道端でしゃがみこんで章介を待っていた、あの夜。

現れた章介は、顔にひどい痣を作っていた。兄に——恵多の父に殴られたのだ。

そして、章介がリザーブしていたホテルに泊まって、ふたりで朝まで話し合った。恵多は絶対に章介と一緒にいつづけたいと言い張ったが、章介は四年間の猶予《ゆうよ》を持つべきだという意見だった。

四年後に、恵多が大学を出て就職し、完全に独立できる大人になったとき、互いにいまと同じ気持ちでいたら、今度こそずっと一緒に生きていこうと……章介が叔父として、十三歳も年の離れた同性である自分に、一般的な道に戻る選択肢を与えようとしているのが伝わってきた。

それが無性に腹立たしくて哀しかった。

これまでもこれからも、恵多の選択肢はひとつしかない。そのことを章介が理解してくれていなかったのが、ショックだったのだ。

平行線のまま迎えた早朝、恵多は目を真っ赤にしてホテルを飛び出した。

ホテルの前の広い道路にかかる歩道橋に上る。まだ空は明けきっていないのに、恵多のちょうど足下の中央分離帯を境にして上りと下りに分かれた車は、ゆるやかな流れを作っていた。

欄干《らんかん》に頬杖をついて、恵多は携帯電話を目の高さに据え、昨夜からずっと切っていた電源を入れた。留守録には案の定、父からのメッセージが何件もはいっていた。

昨日、章介を殴ったあとに帰宅した父は、恵多の不在に気づき、繰り返し電話を入れたらしい。途中から呂律が怪しくなっていったのは、自棄酒《やけざけ》を呷《あお》ったせいだろう。

父からのメッセージを再生しているうちに、章介が歩道橋まで追って来た。恵多は頑《かたく》なに横顔だけ晒して、並んで立った彼を無視した。

留守録の最後の一件。しかし、それだけは父からのものではなかった。警察からだった。内容は父が車で事故に遭ったので至急、搬送先の病院に来てほしいというものだった。

『おい、どうした？』

蒼褪めて身体を震わせる恵多の腕を、章介が支えるように摑んだ。

『父さん……事故』

それだけ言うのが精一杯だった。

章介は恵多の携帯を取り上げると、着信履歴の番号にかけなおして、弟だと名乗り容態などを確認した。彼の声のトーンや表情から、父が亡くなったのだとわかった。

電話を切った章介は、飲酒運転による事故だったとだけ短く告げた。

自分が家にいればこんなことにはならなかったはずだ。せめて、携帯電話をオフにしないで電話に出ていたら……。

そもそも自分が、章介を好きにならなかったら。

『――俺の、せいだ』

『違う、ケータ。昨日、俺が会ったときにはもう兄貴は泥酔してた。だからケータのせいじゃない。止められなかった俺のせいだ』

ついてくれた嘘に、恵多は首を横に振る。

『父さん、俺の帰りを待ちながらどんどん飲んだんだ。それで、鬱憤《うっぷん》晴《ば》らしに車を走らせて…』

章介を好きで好きで仕方ない自分の心が、父を殺してしまったのだ。

頭の芯が重く冷たく痺れて、視界がぐらつく。とにかく病院に向かわないといけない。

ふらつく足取りのまま、歩道橋の階段を下りようとする。

『ケータ、危ない』

後ろから二の腕を摑まれたとたん、身体が芯から竦んだ。

章介への想いが、取り返しのつかない罪悪感でぶ厚く包みこまれていく。そうして黒い毒の塊になる。

これから先、章介を想うたび、章介に触れられるたび、その毒素は激痛をともなって心身を廻《まわ》るのだろう。

恵多は肩越しに章介を振り返った。

『ずっと……好きでいたいのに』

摑まれている腕が毒素に侵されて、煮えるように痛い。

痛みに耐えかねて、恵多は章介の手を振りほどいた。そして、階段の下を目がけて足を宙に出した。


あの時、階段を駆け下りようとしたのか、それとも次の階段を踏む気がなかったのか、恵多自身にもわからない。

「目を覚ましたケータは俺のことだけすっぽり忘れてて、目の前が真っ暗になった……医者は、健忘症の患者によく起こる記憶の欠如に似ていると言ってた。仲里章介という人間を、連想される記憶の塊ごと忘れ去ったんだろうって」

章介が泣くみたいな顔をした。

「まるで癌《がん》の手術みたいだと思った。俺っていう元凶ごと周りの患部も切除して――初めのうちはショックだったが、段々とよかったのかもしれないと思うようになったんだ。忘れることで、お前が苦しまずに健《すこ》やかに暮らしていけるなら」

「……ショースケ」

自分のこめかみに置かれたままになっている章介の震える指を、恵多は握り締める。

章介の目から、ついに涙が零れた。

「ごめんな……ケータ。記憶を封じておくには、離れるのが一番だってわかってたのに。どうしてもお前から離れられなかった。お前に触りたい気持ちに勝てなかった」

発作で動けなくなるたびに、章介は身体を拭いてくれた。その時、どれだけの気持ちと衝動を殺しつづけてきたのか。

恵多がまたゆっくりと章介に恋をしていくあいだ、章介はひとりで苦しい足踏みをしていてくれたのだ。

名前の呼び方ひとつ、甘い昔を封印して、わざと髭熊眼鏡の格好悪い自分を晒して、距離を保つためのルールを敷いて。

傍にいてくれた。

ベッドに片肘をついて、恵多は上体をゆるく起こす。

ひとつひとつの骨を緩めるみたいに身体を伸ばして、恋人のしょっぱい頬に唇を押しつける。まだらな無精髭がチクリとする。

「ありがとう、ショースケ」

左の頬に触られる。触られて、そこにえくぼが浮かんでいるのを知る。

そのえくぼを、今日の章介は受け入れてくれる。えくぼにキスを返された。そのキスが次のキスに繋がって、唇に辿り着く。

触れ合う唇は熱すぎて、痛いぐらいだ。もしかするとその痛みは……三年前に生じたあの毒の塊がもたらしているのかもしれない。

水やセックスに反応して起こった身体の不調もまた、それによるものだったのだろう。

――あの時は逃げたけど、これからは痛いのも苦しいのも、ちゃんと感じていく。

いくらリセットしても、章介に惹《ひ》かれるのは止められない。

だから章介に関するすべてを、受け入れていく。

「ケータ……もう少しだけ触っても、いいか？」

椅子からベッドへと重心を移しながら、触れたままの唇で章介が訊いてくる。恵多は痛む唇を、きつく章介へと押しつけた。

熱っぽく熟んだ舌がピリピリと痛む。

きつく寄せてしまっている眉根を撫でられた。

「ケータ……、もう、いい」

言葉とは裏腹に、丹念に舌を這わせているものから、また新たな蜜が溢れる。その張り詰めた器官は、先走りと恵多の唾液とに濡れそぼっている。

章介の脚のあいだに全裸で蹲ったまま上目遣いに見上げれば、ベッドヘッドに裸の背を預けている章介は、いくぶん苦みのある表情を浮かべていた。

大人の男らしい、興奮を嚙む表情だ。

恵多は腫れた唇を大きく開いた。張った亀頭を咥え、返しの段差部分を唇の輪でやわやわと食む。章介の気に入りの愛撫だ。

咥えているものがグッと力を増し、目の前にある締まった腹部が忙しなく喘ぐ。

——嬉しい…。

まるで身体中の細胞のひとつひとつが眠りから醒め、記憶を取り戻したかのようだった。頭で覚えているだけではなくて、身体が自然と動く。恋人が悦ぶように、恋人を煽《あお》るように、舌の動きひとつ、瞬きの仕方ひとつ、覚えこんでいるとおりに。

ただ、ときおりぎこちなくなるのは、拭えない痛みのせいだった。

これまでのように身体が麻痺に陥ることはなかったけれども、代わりに、毒っぽい熱が章介と触れ合っている場所から絶えず拡がっていた。

ぬぷ…と喉深くまで男を含むと、いっぱいになった口の粘膜が焼けるように痛んだ。思わず、ぎゅうっと口腔を締めてしまう。

「ぁ…あ」

章介が低く声を漏らす。腰を蠢かせながらも、また気遣ってくれる。

「久しぶりなんだから、そんなに頑張るな」

恵多は眉間の皺を撫でてくれる指を握った。そうして自分の下腹へと手を連れこむ。章介の胴体が、蹲る恵多のうえに被さるかたちになる。

「……ケータの、もうこんななのか」

自分で触らせておきながら、硬く膨らみきっている茎が恥ずかしい。

章介の性器をしゃぶることで、苦しいだけでなく、ちゃんと感じている。それを教えて手をどかそうとしたけれども、章介はそこに手を留めた。

大きな手にペニスを包まれ、転がすように可愛がられる。先端を親指と中指で摘まれ、捏ねられる。

「んー……む、んんっ――ふ」

恵多がそうであるように、章介もまた恋人の悦ばせ方を熟知しているのだ。恵多の性器はすぐに透明な蜜をとろとろと滴らせはじめた。そのぬめりで、いっそう巧《たく》みにいじられる。

茎が根元から先端まで、爛《ただ》れたみたいにじくじくする。痛くて、気持ちよくて、腰がよじれ、跳ねる。先端の窪みをぬちゃぬちゃと叩かれて、恵多は太い幹を頬張ったまま身体を引き攣らせた。果てる寸前で、手が下腹から抜かれる。

「…うぅ」

もうひと擦りが欲しくて思わず自分で扱こうとすると、腕を摑まれた。口から強張りがずるずると抜け、上体を起こさせられる。

恵多の、泣き腫れたペニスが露わになる。腰を抱かれる。赤い亀頭が、ひと回り大きい暗い色の亀頭にくっつく。

「ぬるぬるだな、どっちも」

少し笑うように章介が言う。

「ん――やらし」

先端が、毒と快楽に煮える。

とてもじっとしていられなくて、恵多は腰を動かしてしまう。幾度も、先端同士が重なってはぬるりとズレる。決定的な刺激に至らないもどかしさに耐えられなくなったのは、章介も同じだったらしい。

章介がみずからのものを握る。その真似を恵多もする。

支えた性器の先の縦の切れこみを重ねる。卑猥《ひわい》な圧迫感で小さな孔がくっつき、互いを潰し合う。相手の昂ぶりを剝き出しで感じている。

ふたつの孔から溢れた透明な体液が混ざり合い、一本の糸を縒りながらシーツへと垂れていく。

「すご、い…これ――」

そのまま息も動きも止める。

「あ、あっ！　ショースケ……、っ」

性器が根元から先端へと、蕩けて崩れていくような体感に襲われる。

章介も呻き声を漏らした。

重なりがズレて、互いの性器に熱の籠もった白い粘液をかけ合った。

くったりとベッドに倒れた恵多の裸体に、章介が覆い被さってくる。脚を開かされ、最奥の窄まりに触れられた。

「んん…」

「ここ、すごく食べたがってるな」

指を咥えて蠢く蕾が恥ずかしい。

「待——急にそんな、奥っ」

「奥のほうまでパクついてるぞ」

ほぐされると、かえって内壁はキュッと閉じた。

——あれが…欲しい。

恵多は朦朧とした目で、章介の性器を見詰める。恵多の放った白濁にいやらしくまみれたそれは、果てたばかりのはずなのに、まったく力を失っていなかった。

頬が熱くなって、恵多のものもまた血を集めて膨らみだす。

「……もう」

「ん？」

欲を言葉にして吐き出す。

「も、突っこめよ」

章介の笑いが指を伝わって内壁に響く。

「ショースケ、っ」

「そうそう。可愛く『入れて』じゃなくて『突っこめ』なんだよな」

懐かしがるように言うと、章介が内壁をぐるりぐるりと螺旋状《らせんじょう》にいがめながら指を抜いていく。蕾のすぐ内側をくすぐられて、恵多はビクッと身体を跳ねさせる。

軽くイきかけたまま、恵多は甘い呂律で呟く。

「どうせ可愛げなんか」

「ありすぎなんだよ。可愛げ」

「……」

「エロいくせに、変なとこで照れ屋で」

欲情と愛情に濡れそぼった目に、眸を覗きこまれる。

「そういうとこが、本当にたまらない」

脚の狭間になまなましい器官を擦りつけられる。粘膜の口にそれが宛がわれる。何度か圧が加えられて、細かな襞のなかにはいりこまれる。

「あ…っ、あ、あ」

圧倒的な体積に抉じ開けられていく。肉体的な痛みに苦い罪悪感が入り混じって、恵多の身体はビクンッビクンッと引き攣った。反射的に、粘膜が男を弾こうとする。

章介が呻きながら動きを止めた。

「どうした？　つらいのか？」

繋がりを抜こうとする章介の腰を、恵多は両の掌で押さえた。肌に爪を立てる。

「やだ……抜くな、よ」

「でも、痛いんじゃないか？」

「いい、から」

半端に犯されている内壁からなんとか力を抜いて、男を奥へと誘《いざな》う。

「章介が……この三年苦しんできたみたいに、俺もちゃんと苦しむ」

十七歳のころに溺れたセックスでは、まったく大人になれなかった。大人でなかったから、十八歳の自分は受け入れられないことに対峙《たいじ》したときに、都合よく逃げてしまった。

そうして子供として章介に守られてきた。

「今度は――ちゃんと大人になりたいんだ。章介と、いたいから」

章介が震える溜め息をついた。

「もう少し、ガキ扱いして、遊びたかったけどな」

少しずつ繋がりを深められて、泣くような吐息が口から漏れる。その吐息を啄《つい》ばまれる。

臍の奥から焼け爛れていく感覚に肌が粟立つ。

すべてを繋げて、章介が宥めるキスを、唇や額や頬や首筋に落としてくれる。

すさまじい勢いで込み上げてくる幸福感と罪意識。その両方に荒々しく心身を打たれる。

これが仲里章介を選ぶということなのだ。

溺れそうな苦しさに腰をくねらせ、だくだくとうねる内壁で逞しい性器に絡みつく。その惑乱する波を制圧するように、章介が強く腰を遣いはじめた。

「あ…ぅ、や――ぁ」

擦られる粘膜が熱い。

「ケータ、俺に合わせてみろ」

「ん…」

セックスのときの呼吸の仕方を思い出す。繋がっている場所のリズムの合わせ方を思い出す。章介の波に乗る方法を思い出す。

ふっと身体から力が抜けて、浮き上がるような体感が訪れた。

肌がぶつかり合う激しい音とともに、目まぐるしく揺さぶられていく。舌を噛んでしまいそうになる。

「ショー…スケ――」

もっともっと章介を感じたくて、恵多は無意識のうちに自身の性器に両手を這わせた。腫れきった茎を握る。ねっとりと絡みついている章介の精液をくちゅくちゅと音をたててペニスにすりこんでいく。それだけでは足りなくて、先端の溝を指で押し開いた。そこに濃い粘液を繰り返しなすりつける。尿道の孔に章介の精液がはいりこみ、性器の底までドクドクと疼きだす。

恵多のおこないを凝視していた章介が、急に動きを止めて頭を振った。

「まったく、相変わらず…」

いやらしすぎる恋人を叱る眼差しをしてから、章介は斟酌《しんしゃく》のない攻勢をかけてきた。自分がキスからすべてを教えた恋人の肉体を崩すことなど、彼には容易《たやす》いのだ。与えられるひと突きごとに、恵多は身体が浮き上がっていくのを感じる。実際、弓なりになった腰はシーツから大きく浮き上がってしまっていた。

指先も背骨も粘膜も、身体中がわななきだす。

恵多の破裂しそうな性器が、章介の腹部に潰されたまま揉みくちゃにされる。粘膜が硬直しながら、痙攣を起こす。

「ふっ、ぁっ、……あ、あ――ショースケ…ぁ……!!」

「っ、く――」

互いの身体のなかと外へと、濃密すぎる体液をかけていく。

下半身をどろどろにしながら最後の一滴まで放ちきっても、恵多も章介も相手の甘い吐息や身動ぎに引きずられて、動きを止めることができない。

ゆるやかになりかけていた呼吸は着地点を見失い、もつれ、ふたたび苦しく舞い上がっていった。


眠って目を覚まし、また眠る。

ずっと、章介の腕のなかにいる。

何度めか目を覚ましたとき、章介に寝顔を眺められていた。心配そうな顔をしている彼に「なに？」と尋ねると、「いや、寝言がな」と口篭《くちごも》る。

「寝言？　俺なんか言ってた？」

夢を見ていた気はするけれど、思い出せない。でも、胸に重い痛みがある。

「『父さん、ごめん』って、何度か、な」

「……父さん」

呟くと、また胸が重く痛んだ。

これは三年前に自分が受けるべきものだったのだ。

「謝れないのって、こんなに苦しいんだ…」

いくら謝りたくても、現実で父親にはもう決して謝れない。だからきっと、夢のなかで謝っていたのだと思う。

恵多は痛みに眉をひそめながら章介を見る。

「この苦しさに、ショースケは向き合ってきたんだ」

章介の目がきつく眇められ、宙を見上げた。

「兄貴に、謝れるものなら謝りたいと、何度も何度も思った。……でも俺は身勝手だから、どれだけ考えてもケータのことを手放せないって結論にしか、辿り着けなかった」

「でもあの時、ショースケは大学卒業してから考えようって——それまで別れようって言った」

　間近の顔に苦い表情が拡がる。

「そう言ったな。大人ぶって説得しながら、一日も別れたくないと思ってた。だからお前が一緒にいたいと真剣にぶつかってきてくれて、本当に嬉しくて仕方なかった。兄貴が亡くなっても、あの嬉しさはどうやっても否定できなかった。だから俺は、兄貴に謝りたいという気持ちを諦めたんだ。……代わりに、せめても、生きている俺ができることをしようと決めた」

「できること？」

「ああ。ケータと会社とを、守ることだ」

　思い出す。

　歩道橋の階段から落ちて入院しているときに、須藤が病室に押しかけてきたことがあった。彼は朦朧としている恵多に、代理の社長を立てることを承認させようとした。章介が来て須藤を追い払ってくれなかったら、父の遺した会社を奪われ、食い物にされていたことだろう。

「ケータ」

　深い黒色の眸に見詰められる。

「ナカザトデザイン事務所は、お前のものだ。お前が会社を仕切れる男になるまで、俺がちゃんと守っておくからな」

だから、しっかり社会に体当たりして、鍛《きた》えられてこい、ということなのだろう。

『頼むから、もっとしっかりしてくれ』

言われたときは突き放されたように感じた言葉の意味が、胸に沁みて、強い思いを生み出した。

「俺、絶対になるから」

生まれたばかりの決意を章介に告げる。

「ショースケと会社、どっちも守れるぐらい、しっかりした男になる」

章介が瞬きをしてから、目を細めて抱き締めてくれた。

「楽しみにしてるからな」

エピローグ

両端に寄せられたカーテンが四月の風にそよがれて、ラインをゆるやかに動かす。ガラス戸も網戸も開けられた窓には夜空が広がっていた。そこに浮かぶ月は、被った暈《かさ》の縁をぼやりと闇に滲ませている。

空とよく似た色のベッドカバーに置かれたぶ厚いアルバムを、恵多はパラパラとめくる。章介が自身の机の、鍵のかかる抽斗から取り出した封筒を手に、ベッドに載ってきた。

窓のほうを向くかたち、ふたり並んで胡坐《あぐら》をかく。

章介が封筒から写真の束を取り出した。二十枚ぐらいある。一番うえにある写真を見て、恵多はアルバムの中学時代のあたりを開いた。

章介が余白を指差す。

「これは、ここだな」

「うん。中二の正月」

明治神宮に初詣《はつもうで》に行ったときのものだ。まだ栗色の髪の章介と一緒に写っているその写真を、パズルを嵌めるみたいに余白にしまう。

アルバムの虫食いの原因は、章介だった。写真を見た恵多が自分との関係を思い出さないようにと抜いておいたのだという。その時の章介の気持ちを想像すると、胸がひどく疼いた。

明治神宮に詣《もう》でた前日に、章介はこの家族アルバムを見ていた。そして、あまりにも恵多の写真が少なすぎると、恵多の父である兄に怒った。

『これからは俺が帰国するたびに、思い出作ろうな』

そう約束して、本当に思い出を作ってくれて、それを写真に留めてくれたのだ。

「これ、初めて泊まりの旅行に行ったときの。京都」

「この時、露天風呂でケータ、タオルで腰をガードしまくってたっけな」

中学三年のときで、すでに章介に恋愛感情を持ってしまっていた。その時の緊張を思い出したら顔が熱くなってきた。

「あー、やっぱりそういうことだったわけか」

章介がからかいながら、赤くなっている恵多の頬をむにゅっと抓《つね》る。

「いらひ《いたい》」

しょうもない掛け合いをしながら、一枚一枚の思い出を辿って、空白を埋めていく。

そうして、改めて思ってしまった。

すぐ傍に寄せられている章介の横顔を見詰めると、視線に気づいた章介が瞬きをして覗きこんできた。

「ん？　どうした？」

「俺が章介を好きになったの、当たり前だなって」

「……」

「何度でも絶対に好きになるよ、こんなの」

まるで眠いみたいに目を擦って、章介が赤くなった目許を誤魔化そうとする。そして、そのままふっと視線を落とした。

「俺は……ズルをしたのかもな」

「ズル？」

「心も身体もケータの弱いとこをよくわかったうえで、もう一回俺に惚れるように……二度目の恋を仕掛けてたのかもしれない」

ごめんな、と続けようとする唇を、恵多は軽く唇で封じた。かすかな毒に、唇がピリッと痛む。

甘い溜め息とともに唇を離して、尋ねる。

「これ、最後？」

章介の手には、一枚の写真が残っていた。

「ああ。俺にとっては抜かせない、でっかい思い出だ」

章介の声が少し波打つ。

写真には、章介も恵多も映っていない。

アルバムをめくり、高校一年の春のページを開く。

「俺にとっても、ものすごく大事」

初めてキスをしたときみたいな照れ笑いを交わし合う。

温かくて大きな手から、写真を渡される。

暗いオレンジ色をした月の写真を、あるべき場所に収める。この月の下で、章介と初めてのキスをした。

その月をいま、章介と並んで見下ろしながら、恵多は尋ねる。

「約束、覚えてる？　三年前にした」

「……あの、風呂でしたやつか？」

湯船のなかで、章介は後ろから抱き締めながら約束してくれた。

そのままの言葉を、章介が口にする。

「これから先、全部の月食を、一緒に観ような」

あとがき

こんにちは。沙野風結子《さのふゆこ》です。
本作は既刊の『君といたい明日もいたい』を、大幅に改稿したものです。(タイトルは初めにつけてボツになったものに戻しました)
全体的にザクザク削って、構成も変更して、書き足しと書き直しをして、すっきり恋愛物として楽しんでいただける方向を目指しました。
初出のときは二〇〇九年で、リーマンショック後の就職氷河期でした。それから九年。いまは売り手市場で就活状況もいろいろと違うので、その部分もできる範囲で修正を入れました。

前回のあとがきにも書きましたが、章介《しょうすけ》はいろんな女物の香水のにおいをさせたり、ピアスを片方だけポケットに入れてたりしますが、すべて自分で購入したものです。会社のロッカーに入れてあって、帰宅時に自分で香水をつけてます。ロッカーのなかには何種類もの女物の香水とピアスがはいってます。笑。

そんなわけで章介は三年間、綺麗な体で過ごしてきたわけです。

以前の章介は、自制心という意味ではダメな大人でした。そして逆にこの三年間は、自制心を必死に掻き集めてナマゴロシの日々を送ってきました。

近くにいるのに触れないという心理的遠恋も終わり、これからはふたりでお月様を眺めていてほしいです。

イラストをつけてくださった小山田《おやまだ》あみ先生、今回もまた先生のお仕事ぶりに心を揺さぶられました。表紙イラストを拝見したとき、もう一枚の絵として見入ってしまい、涙腺にきました。ケータのこともショースケのことも月食も、愛しくなります…。

担当様、新装版のお話をくださり、また改稿点のアドバイスをいただけて、とてもありがたかったです。また出版社およびこの本に関わってくださった関係者の皆様にも感謝を。

そして、この本を手に取ってくださった皆様、前作を既読の方も本作で初読みの方も、本当にありがとうございます。それぞれの方に、どこかしら楽しんでもらえるところ、なにかしら感じてもらえるところがあったことを切に願っております。

＋沙野風結子＋

＋風結び＋　http://blog.livedoor.jp/sanofuyu/

本書は、『君といたい明日もいたい』（角川ルビー文庫　二〇〇九年）に、加筆・修正を加えたものです。

Splush文庫

この本を読んでのご意見・ご感想をお待ちしております。

◆ あて先 ◆

〒101-0051
東京都千代田区神田神保町2-4-7 久月神田ビル7階
㈱イースト・プレス　Splush文庫編集部
沙野風結子先生／小山田あみ先生

月《つき》を食《た》べて恋《こい》をする

2018年11月27日　第1刷発行

著　　者　沙野風結子《さのふゆこ》
イラスト　小山田《おやまだ》あみ
装　　丁　川谷デザイン
編　　集　藤川めぐみ
発 行 人　安本千恵子
発 行 所　株式会社イースト・プレス
〒101-0051
東京都千代田区神田神保町2-4-7 久月神田ビル
TEL 03-5213-4700　　FAX 03-5213-4701
印 刷 所　中央精版印刷株式会社

ISBN 978-4-7816-8617-2
定価はカバーに表示してあります。

Splush文庫の本

『うさ耳悪魔に振り回されて困ってます…！』 朝香りく

イラスト 小路龍流